Qui se soucie de la musique ?

Benoît Luizard

À ma très chère Chloé !
À ce cher Julien,
Aux copains,
Et, bien sûr, à mon amour.

Edition : BoD - Books on Demand
12/14 rond-point des Champs Elysées, 75008 Paris
Imprimé par Books on Demand GmbH, Norderstedt, Allemagne
ISBN : 9782322120956
Dépôt légal : avril 2018

Le réveil avait émis un son sifflant auquel Jocelyn n'était pas accoutumé.

Et sans même s'en rendre compte, on s'était retrouvé debout, au beau milieu du wagon qui sert de chambre.

Derrière les vitres, le paysage défilait en grondant.

Fallait-il faire ses ablutions ? Le cabinet de toilette était si étroit... de sorte que l'eau venait éclabousser l'ample T-shirt de Jocelyn.

Trempé, agacé, il lève les yeux vers le miroir où il remarque, chose peu commune, qu'il s'est coiffé les cheveux vers l'avant. Depuis qu'il a les cheveux courts, ça lui fait une coiffure d'abruti, c'est vraiment n'importe quoi.

Mais il faut se dépêcher, ne pas s'attarder sur la présentation, car le niveau de l'eau monte et bientôt, on ne pourra plus passer, sortir de ce compartiment, et on ne pourra pas aller en cours ! C'est malin : maintenant l'eau monte dans le wagon ; alors on se perche sur le lit qui dérive au milieu de tout ça tandis que le paysage continue de défiler et l'on a l'impression qu'on n'arrivera jamais à temps... à temps où ? En cours ! As-tu déjà oublié ?

Oh, tonnerre ! Tonnerre, quel juron ! De l'eau jusqu'à la taille, maintenant, c'est l'orage qu'on entend gronder.

Tonnerre ! *Tonnerre*... c'est... oui ! le nom de code d'un ninja de GI Joe qui s'habillait tout en blanc et qui s'y connaissait en arts martiaux... « Tonnerre », on ne jure plus comme ça de nos jours, sauf dans les cas d'urgence, quand on risque de rater les cours et qu'on mouille ses fringues. De l'eau ou de la sueur ? Mais pourquoi, tonnerre !, avoir choisi de dormir dans un train ? Et quand est-ce que j'ai pris cette décision stupide de dormir dans un train ? Attends... Ça fait plusieurs fois que ça m'arrive, mais il faut se réveiller, je n'arrive pas à me tirer de là, oh et puis qu'est-ce que c'est que ce rêve ? dormir dans un train...

Après plusieurs tentatives, Jocelyn avait réussi à ouvrir les yeux.

Par les murs, un grondement caractéristique révélait le passage du tramway ; par les fenêtres, la plainte métallique confirmait la course du tram' sous les vitres de l'appartement de Jocelyn.

C'est que Jocelyn n'habite pas n'importe quelle ville française, il vit dans une ville qui s'est dotée d'un tramway.

Et parmi les quelques villes possédant un tramway au moment où l'auteur débute ce récit de fin d'adolescence — c'est à dire le vingt mars deux mille trois — on peut nommer Montpellier, Nantes, Strasbourg, et plus d'une dizaine d'autres villes encore, ce qui réduit le nombre de villes françaises où pourrait se situer l'action qui attaque par ces quelques lignes.

Jocelyn, notre héros (façon de parler), habite Orléans.

Pour ceux qui ne connaissent pas Orléans, l'agglomération orléanaise ne compte pas encore deux cent mille personnes, et cette ville apparaît à de nombreuses reprises dans les manuels d'histoire. Pas n'importe quelle ville : Fondations gallo-romaines ; libérée par Jeanne d'Arc le 8 mai 1429 ; ville du frère du roi ; libérée par le général Patton le 16 août 1944... voilà de quoi écrire de belles histoires. Mais ce qui suit n'est rien qu'une suite de banalités. Un roman ? Ne nous emballons pas...

Le garçon qui nous intéresse ici s'appelle Jocelyn Sévrin. Il n'habite pas n'importe quelle ville ; il n'habite pas n'importe quelle rue non plus. Il vit avec sa mère dans un appartement de la Rue Royale. On remonte cette prospère rue commerçante sous des arcades bourgeoises de pierre blanche depuis le Pont George V à la place du Martroi — au centre de laquelle trône un bronze majestueux de Jeanne d'Arc, la Sublime Cavalière. Ainsi, géographiquement du moins, Jocelyn est « un bourge » —

expression qui lui fut inlassablement répétée à ses oreilles au collège, puis maintenant au lycée.

Au bas de la rue Royale, le Pont George V franchit la Loire, beau fleuve large et paisible, ensablé et sauvage. C'est un grand pont de pierre blanche, large, noble, équilibré. Il sépare le centre ville d'Orléans, sur la rive nord, paré de calcaire blanc et d'ardoise, piqueté de clochers, et le quartier Saint Marceau, sur la rive sud.

Maintenant le tramway glisse en sifflant, là-bas, sur le pont.

Ce matin, Jocelyn n'avait pas à se tourmenter pour son réveil : le calendrier des pompiers figurant des chiots parmi des fleurs, épinglé dans la cuisine, affichait : « Dimanche 16 mars 2003 ». Le four indiquait midi passé.

Sur la table de la cuisine, le paquet de céréales fourrées au chocolat lançait un ultimatum à Jocelyn : « Vous avez jusqu'aux 19 mars pour envoyez vos "coupons" "Grollogs fourré"tm et obtenir des supers "streetwears" de la marque "Grollogs" !!! »

Jocelyn, le nez sur le paquet, gloussait de façon un peu exagérée, ce qui eut l'effet d'ameuter sa mère qui lisait dans le salon et aussi Sebastian, son bon copain, qui avait dormi dans la chambre d'amis.

— Qu'est-ce qu'il y a, mon Jojo ?, demanda sa mère, tout sourire. Qu'est-ce qui t'arrive ?

— Oh rien. C'est le paquet, là. Regarde ce qu'ils mettent !, lança-t-il avec un geste triomphant.

— Mmh, fit-elle en lisant. C'est les fautes d'orthographe qui te font rire comme ça ?

— Faites voir ?, demanda Sebastian, les yeux encore bouffis de sommeil. Pfff ! Ha ! Ah ouais ! Trop *deb's*, les fringues !!!

Jocelyn émit un rire rugissant qui fit sursauter sa mère.

— Et... pffrr... T'as vu la doudoune ?! Tu t'imagines débarquer au lycée habillé comme ça ?, parvint-il à dire entre deux époumonements virils.

Sebastian s'étouffait de rire.

— Oui..., convint doucement Charlotte, la mère de Jocelyn, c'est vrai que ça manque de distinction ces vêtements avec ce gros logo...

— Ce gros logo Grollogs ! Wahaha !

— Oui, exactement, confirma Charlotte. Hum... Vous avez bien dormi, les jeunes ?

— Oui, très bien. Merci m'man.

— Très bien madame, merci.

— Mais, dis-donc, Sebastian... Tu as pris tes habitudes ici, mon grand ? Tu viens dormir presque tous les samedi, maintenant.

— Oh ! Excusez-moi... Ça vous dérange ? — Sebastian était confus.

— Non, pas du tout ! Ce n'est pas ce que je voulais dire ! Ça met une ambiance sympa. Mais Jocelyn ne m'avait pas prévenu et puis... vous devriez peut-être vous coucher plus tôt...

— T'inquiète m'man. C'est bon... On fait attention.

— Oui... On fait pas n'importe quoi, renchérit Sebastian.

— Oui, mais... les enfants... et le bac ?... Il faudrait quand même un peu de sérieux ! Vous êtes en L et je ne vous vois jamais lire... Hier soir, vous avez joué à la console jusqu'à pas d'heure.

— Oh, madame... ça ne nous empêche pas de lire, tempéra Sebastian.

— En ce moment, maman, on lit plutôt les journaux...

Charlotte eut un froncement de sourcils pour montrer qu'elle n'était pas dupe :

— C'est très bien, je sais. C'est important de comprendre le monde... Mais que Saddam Hussein ne vous empêche pas d'étudier...

— C'est bon ! Ah, tu nous saoules un peu là... T'inquiète m'man !

— Oh... T'es pas gentil. Tu t'énerves déjà !, se plaignit sa mère.

— Non, c'est bon... Je m'énerve pas.

— Bien, bien..., souffla Charlotte, d'agacement. Moi, je vais lire mon auteur italien dans ma chambre !

— Qu'est-ce que vous lisez ?, s'enquit Sebastian, soucieux de plaire à madame Sévrin.

— Italo Calvino. *Aventures*...

— Ah oui ! J'ai lu *Les raisins*... non, pardon, *Les châteaux de la colère* !, dit Sebastian pour faire bonne mesure.

— Non. Ca c'est de Baricco !, émit Charlotte en souriant.

— Bourriquot..., ajouta Jocelyn à l'adresse de Sebastian.

— Ah oui ! C'est vrai madame...

L'obséquieux Sebastian jeta un œil furibard à Jocelyn.

— Oh, *Les Châteaux de la colère*, j'adore ce livre. C'est bien aussi, ça ! Hein ?, dit Mme Sévrin avec tendresse.

— Euh... C'est pas mal... D'ailleurs, c'est vous qui me l'aviez prêté... Vous avez oublié ?, dit Sebastian en rougissant un peu.

— Et tu me l'as rendu ?

— Attends... euh... pas sûr..., réfléchit Sebastian.

— Il faudra.

Charlotte Sévrin quitta la cuisine d'un pas léger, dans une volte de cheveux bouclés. Elle était vraiment très belle et Sebastian ne put s'empêcher de se demander quel âge elle avait, vraiment... Et de regretter un brin qu'elle ne soit pas sa prof, au lieu de l'autre, là, un peu vieille et pas terrible.

— Elle est pas facile, hein ?, fit Jocelyn.

— Quoi ?

— Ma mère...

— Je vois pas de quoi tu parles. Elle s'inquiète, je crois. Un peu comme toutes les mères, quoi...

I

— T'as lu un peu mon recueil de citations ? Les dernières, là, tiens, par exemple celle d'Elias Canetti ?, souffla Jocelyn en même temps qu'un nuage tourbillonnant de fumée qui s'échappa dans la ville ensoleillée par la fenêtre grande ouverte.

L'air délicieusement froid se roulait contre la chaleur montant du radiateur sous la fenêtre. Cela faisait des volutes atmosphériques à peine visibles.

— Bof... T'es sûr de vouloir faire un truc comme ça ? un recueil de citations ? J'ai un peu de mal avec les citations sorties de leur contexte... C'est un peu comme une compilation, même pire...

— C'est ma mère qui me l'a conseillé... Elle dit que c'est bien quand tu fais khâgne, par exemple. Du coup j'ai lu des recueils d'aphorismes, des trucs aussi de La Rochefoucauld, et aussi on a un dictionnaire de citations et j'ai feuilleté les carnets de ma mère. Tiens, passe moi mon carnet... Voilà... Ecoute : « au-delà d'un certain point précis du temps, l'Histoire n'a plus été réelle. Sans s'en rendre compte, la totalité du genre humain aurait soudain quitté la réalité. » Ça a de la gueule, non ? C'est d'Elias Canetti.

— Mouais. Mais c'est qui Elias Canetti ? Moi, ce qui m'intéresserait, ce serait de savoir quand et pourquoi il a écrit ça..., tempéra Sebastian.

— Ouais, le contexte... c'est rapport au génocide des Juifs, dans le cas de cet auteur... Il dit qu'on a quitté l'Histoire réelle... Et je crois que ça implique une recherche de l'origine du *point précis*, c'est un problème en forme de quête, je crois...

— Haha ! J'en sais rien, moi. Je ne sais pas vraiment de quoi il retourne...

— C'est dans *Masse et puissance*, un traité sur la politique, le pouvoir...

— Pfff... on a tellement de trucs à lire ! en ce moment, je suis *québlo* sur ce qui se passe au Moyen-Orient...

— Ouais... De toute façon, la politique de Bush, ça va nous faire retourner à l'histoire médiévale !, s'énerva aussitôt Jocelyn. Les guerres de religion... Quand on voit aussi la Jordanie, le Soudan, l'Egypte ou la Syrie, ça fout les jetons...

— Et Israël..., suggéra Sebastian.

— Attends... Dis pas n'importe quoi... Moi, si j'étais un Juif d'Israël, mais laisse tomber comment ça me foutrait les jetons, avec les mecs qui deviennent complètement fanatiques tout autour. Imagine un peu la tragédie du Liban, à l'échelle du Moyen-Orient ! D'un côté, les uns veulent l'Israël de leurs textes sacrés, les autres veulent la Palestine de leurs ancêtres et clament que c'est une terre sacrée pour eux...

— Attends, attends, Djoss'... J'ai les neurones qui suivent plus, là... T'es encore en train de défendre Israël ?... Putain...

— Ah, mais non, j'les défend pas... Ils font leurs conneries, ça c'est clair... Ouais mais c'est surtout... j'en ai après les stupidités de la religion ! C'est vrai, hein, en Israël aussi les Juifs tombent dans la compétition du fanatisme. Ça me rappelle... Tiens, lis cette citation, c'est encore Canetti : « Il est essentiel d'avoir une direction pour que la foule continue d'exister. Sa peur constante de la désintégration l'amènera à accepter n'importe quel but. La foule n'existe qu'aussi longtemps qu'elle poursuit un but non réalisé. » Il dit ça, je pense, à propos du fascisme. Mais on peut dire la même chose avec ces masses qui se complaisent à beugler ensemble le nom de leur dieu. Rencontrer Dieu, réussir l'unité d'un territoire... En voilà des objectifs jamais accomplis. Les intégrismes religieux sont des fascismes !

— Ouais, clair... La religion... Ouais, il y aurait beaucoup à dire...

Tout en grignotant des gâteaux au chocolat, ces deux jeunes continuèrent leur intense discussion :

—Wilhelm Reich, dans *Psychologie de masse du fascisme*, explique bien comment l'idéal de surhomme nietzschéen qui a inspiré les nazis est en fait un idéal d'homme débarrassé de ses émotions animales, et devient un robot. Je trouve qu'on pourrait dire la même chose de ces religions intégristes...

—Oui, confirmait Sebastian, ces mecs d'églises veulent des humains sans vices, sans passions autres qu'un élan vers Dieu. Ils ne reconnaissent pas la part animale de l'homme. D'ailleurs, les religieux ne peuvent pas admettre les théories de Darwin. Mais, je dirais... contrairement aux nazis, eux ne veulent pas faire de nous des robots, plutôt des anges...

—Ce qui est pareil, si on y pense, non ?

Le paquet fini, ils sortirent pour profiter du soleil. Ils marchèrent le long des berges de la Loire, remontant le courant en évitant du mieux qu'ils pouvaient les déjections canines camouflées dans le sable du chemin.

Prolongeant leur marche, ils se dirigèrent vers la maison de Sebastian, au bord du canal, à l'est d'Orléans.

*

Solange, une grande bourgeoise blonde faisait flamboyer sa longue chevelure au soleil. Son abandon héliotrope produisait des iridescences violentes dans le jardin bruissant de chants d'oiseaux. Elle lisait un magazine féminin.

En entrant chez son copain, Jocelyn savait qu'il trouverait Solange et déjà, il pétardillait intérieurement.

La grande sœur de Sebastian était tellement sexy que toutes les barrières morales qu'il essayait d'ériger à grand'peine, en se disant que c'était la sœur de son copain, qu'elle avait des gènes communs à ceux de son copain, qu'elle était sortie du même utérus que son copain, et que de toutes manières, elle était un peu bête (cette dernière considération était vraiment la plus

12

chargée de mauvaise foi...). Toutes ces barrières tombaient, ineptes en regard du désir que son visage fin, sa silhouette tonique, sa poitrine arrogante, et ses cheveux blonds éclatants exaspéraient en lui !

En la voyant ainsi alanguie, Jocelyn aurait pu se mordre le poing pour contenir le désir qui montait, et il lui fallait faire un effort terrible pour ne pas rougir en lui faisant la bise, pour retenir son regard prêt à fureter dans le décolleté de Solange, désireux d'apercevoir l'ébauche délicate des seins. Il se sentait atrocement adolescent. Il se rendait à moitié compte que ses yeux écarquillés prenaient des centaines de photographies du corps de Solange, détaillaient soigneusement les couleurs chaudes des vêtements et le blanc fragile de la peau de Solange ; que son nez assimilait les parfums de l'air printanier et ceux de la belle, les arômes des fleurs dans l'air, les agrumes du parfum de Solange ; que ses oreilles enregistraient les sons, les scansions amoureuses des oiseaux, le chuchotement du fleuve, le sifflement frotté des feuilles ; le tout ferait une séquence qu'il se rejouerait souvent en rêve...

Solange s'amusait, cachée derrière ses yeux clairs et absents, du trouble de Jocelyn. Il était touchant ce garçon un peu maigre qui dissimulait mal par une décontraction trop visible, par ses cheveux longs — mèches féminines en travers de la figure pour dissimuler sa timidité — et par sa mise négligée — pulls marron informes et pantalons élimés — qui cachait par tout un style incertain une émotion bien précise en sa présence. Elle n'avait qu'à le regarder droit dans les yeux pour savoir le trouble infini qu'elle lui causait. Ah... Si elle n'avait pas autant d'amour propre, elle tenterait volontiers de le séduire plus franchement, avec les risques que ça comporte. Elle le trouvait séduisant ; c'était son air empêtré et gauche allié à une étonnante souplesse de mouvement, à un genre de grâce, des traits fins, qui contrastait terriblement avec son ex petit ami, un type plutôt sûr de lui et costaud, qui ne savait pourtant pas danser... La vraie maladresse, celle qui tape sur les nerfs, c'est en premier lieu celle du corps, songea-t-elle. Une chose encore la retenait : par moments, elle le trouvait un peu fade, Jocelyn, avec ses cheveux couleur d'herbe desséchée, comme les longues herbes qu'on trouve dans le sable de la Loire, et il manquait un peu de personnalité en sa présence. Mais assez vite, en replongeant le regard sur les mannequins du magazine, elle se demandait, un peu narcissique, quel effet cela produirait sur lui de sortir avec elle. Est-ce qu'il se révélerait tel qu'elle l'imaginait, romantique et gentil ? Ou bien, il deviendrait prétentieux comme les autres, irrécupérable et imbuvable...

Ils se tenaient tous les trois dans le jardin, à dire des banalités, et Sebastian entraîna Jocelyn discuter dans le salon, loin de sa sœur, parce que ça l'agaçait de voir son pote baver sur elle, et Jocelyn n'a pas l'ombre d'une chance, alors...

— Quand même, ta sœur, elle est vraiment belle... Excuse-moi de dire ça comme ça... Mais il doit y avoir plein de types qui lui tournent autour... Et pourtant, elle n'a jamais ramené personne chez toi...

— Elle vit sa vie, dit Sebastian, crispé, je sais qu'elle a eu un copain récemment... Un vrai bourrin. Elle m'en a fait un foin... Mais ne parlons pas de ça...

Jocelyn voulait rajouter : « Je ne parle pas pour moi... Elle ne m'intéresse pas spécialement ».

Mais il se taisait, gêné.

Il regardait du coin de l'œil le cylindre en acier brossé de la console de jeu, posé près de la télé.

Dans un instant, ils seraient des membres de l'*APD*, l'*Alliance pour la Préservation des Dapiri*, des créatures maigrichonnes, pathétiques et hargneuses qui s'entretuent si on les laisse sans surveillance.

C'était un jeu de tir à l'ambiance sinistre. Les décors étaient plongés dans des teintes beiges ou bleutées. On pouvait jouer dans la même équipe pour sauver ces créatures étranges. On combattait les Tristes Sires. Le jeu consistait à attaquer des prisons pour libérer les Dapiri. Mais les Dapiri sont peureux et ces bêtes violettes anthropomorphes refusent parfois de sortir de leur captivité ! Et il faut les choper pour les sortir de là et ils font « Non, non, non, nôon... » avec des petites voix horripilantes !

Si bien qu'après deux heures (passées on ne sait ni où ni comment) de stress intensif sous l'œil amusé de Solange qui avait été attirée par les beuglements des joueurs, Sebastian était sur les nerfs et Jocelyn ne pensait plus qu'à ses devoirs — il ne parvenait pas à imaginer combien de temps il lui faudrait pour les finir.

Il sursauta presque lorsqu'il s'aperçut que l'étourdissante Solange était venue les observer.

— Putain, c'est vraiment *cheulou* comme jeu !, s'exclama Jocelyn. Ça me stresse trop. Et puis ces bestioles me flanquent super mal à l'aise...

— C'est marrant à voir, dit Solange, et vos réactions... trop drôles ! « Mais *quesstufous* ? Garde la bestiole ! — Garde la bestiole toi même ! — Putain ! Je hais les Dapiri ! » Trop marrant ! Et puis, finalement, le caractère de ces trucs, ça finit par déteindre sur vous...

— C'est clair, fit Jocelyn qui était rouge. Il se sentait un mal de ventre diffus, une légère nausée.

— Bon. On va peut-être se mettre au boulot !, conclut Sebastian.

— J'y arriverais mieux si je rentrais chez moi, en fait, dit timidement Jocelyn qui défaillait d'être si près de Solange.

Sa beauté le stupéfiait, le rendait muet. Elle avait toujours eu cette puissance sur lui, depuis des années.

Pour se quitter, ils avaient traversé le jardin qui se teignait de blond au soleil couchant. Les adieux furent simples et Solange ne put s'empêcher d'*allumer* un peu Jocelyn en lui faisant la bise, par une pression discrète de la main sur le bras du jeune homme.

Elle se recula et observa l'effet qu'elle lui faisait en lui offrant un magnifique sourire un peu canaille.

En s'éloignant, Jocelyn fulminait face au champignon rouge du soleil. Elle l'avait fait exprès pour le gêner ! C'était curieux comme cette petite pression avait emballé tout son corps... Hum ! Et ce sourire... Elle se moquait de lui ! Mais comment pouvait-elle le savoir, qu'il la désirait ? Facile... Il n'y avait qu'à voir dans quel embarras il se trouvait toutes les fois qu'elle le regardait droit dans les yeux, comme un défi. Et il pensait, pitoyable, que s'il soutenait ce regard, elle l'agonirait de remarques mortifiantes.

Le sable crissait sous les pieds.

Il dépassa le pont Thina. Le son de la Loire qui filait était amplifié sous l'arche de béton.

Elle n'avait pas même deux ans de différence, et pourtant elle paraissait nettement plus âgée que lui. Il essayait de convoquer les images de Solange dans la chaise longue du jardin, les jambes nues, élancées, rondes et douces qui disparaissaient sous la robe presque légère, s'agitant dans un souffle de vent, dévoilant un peu plus... mais immanquablement, un Dapiri violacé étendait ses bras décharnés et faisait « Non, non, non, nôon... » et des fois « Na ! Nôon ! Niiii ! » en fermant les yeux et en essayant de le mordre avec ses dents pourries. Il fallait rejeter ces images absurdes et qui suintaient un fiel 3D plein de malice...

Il leur opposait la pureté du corps et du visage de Solange. Mouiii, la pureté, bien sûr... ça fantasme sévère... On serait sorti de l'histoire réelle ? On aurait glissé hors de la réalité ? Oui, mon cher Elias Canetti, l'humain a un pied dans le réel et tout le reste baigne dans la fiction. On sort du monde, tout le temps... Ahhh... et tous ces devoirs à faire...

À sa table de travail, Jocelyn bâcla ses devoirs — des questions sur un extrait d'Antigone, une recherche de vocabulaire pour le monologue de Mick dans *The Caretaker*, d'Harold Pinter — et puis, cela fait sans énergie ni conviction, avec la léthargie du dimanche soir, il se sentait bizarrement désoeuvré. Il tenta d'arranger ses citations.

Il fit des recherches sur Internet, mais il était pris de lassitude.

Il pensait à Solange. Une coupable érection le gagnait, mêlée de déprime, comme une fatigue physique — comme grimper une côte ensablée.

Sur l'écran de l'ordinateur, une citation de Canetti proclamait qu'on devrait pouvoir vivre de la lecture, que ce serait mieux que d'ingurgiter des aliments — des livres pareils à de gros raviolis fourrés. En regard de cette citation, un aphorisme de Karl Kraus. Il lut : « Ce qui vit de la matière meurt avant la matière, ce qui vit dans la langue vit avec la langue. »

— À table ! Jocelyn !, clama la voix de sa mère dans l'appartement.

— Ouais, c'est bon ! J'arrive...

Il était resté prostré sur son lit un moment, parce que cette citation ne l'aidait certainement pas à sortir de sa torpeur triste. Dans sa tête, des connexions s'étaient cherchées, des neurones s'étaient épuisés en conjectures ; il écrivit dans son carnet :

Quand notre corps ne trouve pas son complément de chaleur dans l'amour, est-ce la déperdition de chaleur qui cause la fatigue et le désarroi ? — Jocelyn Sévrin, 16 mars 2003.

— Bon, Jocelyn ! Tu viens manger avec moi ?, insista sa mère.

— J'arrive maman.

Elle n'avait pas dit : « Ça va refroidir ! »

Un steak haché cru luisait sous les luminaires de la cuisine, sa chair était rouge et opulente, ramassée en un tas d'une rondeur quasiment parfaite. Aux différents coins de l'assiette ronde se tenaient les câpres, l'ail, le persil et même, suprême délice, des cornichons. Un œuf attendait son tour, qui, vidé par le geste expert de Jocelyn, viendrait se blottir dans le creux moelleux aménagé dans la viande pour son nouveau confort.

Parce que l'œuf s'était installé en maître tyrannique dans un cratère de chair fragile, le ketchup et la sauce anglaise avaient suivi dans une précipitation des évènements, accompagnés des condiments déversés là-dessus comme une pluie de bombes.

Jocelyn mélangea le tout pour obtenir un mélange homogène et soumis ; enfin, la dégustation pouvait commencer. Plutôt piquante, par ailleurs : trop de Tabasco.

— J'aime bien les rituels, dit Jocelyn.

— Les rituels ? Ça dépend, dit Charlotte, quand tu étais petit par exemple, tu n'aimais pas tous les rituels... La douche, le brossage des dents, le coucher...

La mère de Jocelyn sourit tout à fait à cette évocation déjà nostalgique de son petit garçon.

— Tu as raison, c'est important les rituels, reprit-elle en croquant des feuilles de salade. Et c'est aussi tout à fait imbécile... Nous avons déjà la première et la deuxième partie de notre dissertation.

Elle fit un clin d'œil à son fiston qui baffrait le steak tartare comme un Moloch gourmand. Il se redressa, visiblement piqué.

— Oh maman...

— Il faudrait délimiter le sujet, et j'aimerais savoir de quoi traiterait notre troisième partie.

Professeur de philosophie, Charlotte Sévrin moquait souvent la méthodologie usuelle dans le cadre familial. C'était sa façon d'apprendre les choses à son fils, et cela marchait bien. Il retenait mieux les choses que l'on critiquait que ce dont on faisait l'apologie. Hum, tout compte fait non, enfin, cela dépendait de qui parlait de quoi...

Sa mère continua son jeu intellectuel :

— On pourrait parler des rituels dans les religions. Cela permettrait une délimitation du sujet. Comment, par exemple, les rituels rapprochent les hommes de Dieu. On peut comprendre ça. Certains croient que cela attire l'attention de Dieu...

— Oh, j'aurais du mal à rédiger cela de façon convaincante, maman... Ce serait peut-être plus facile pour la deuxième partie : les rituels finissent par prendre plus d'importance que la réflexion, empêchent toute tentative d'imagination théologique, proposa Jocelyn.

— C'est certainement un problème... Mais alors, la religion idéale, telle que tu la décriras dans cette partie (je te connais, tu ne pourras pas t'empêcher d'être prescriptif), ce serait une remise en question de chaque instant ou du moins un processus initiatique fragile. Attention, tu perds un élément essentiel en chemin : ce type de pratique religieuse rabaisse l'importance de la foi et fait fi de l'inspiration collective, de l'énergie, de la joie que peuvent trouver les personnes en partageant la même foi.

— Oh, la foi..., marmonna Jocelyn.

— Ne soit pas si hautain... Avoir la foi...

— Suivre en aveugle un chemin défriché par les autres...

— Un prophète, un dignitaire religieux, un dépositaire de la parole et des rituels..., précisa Charlotte.

— Moi, je préfère l'approche phénoménologique : les sensations, les coïncidences, les synesthésies... Mon Dieu, ce serait plutôt un mix d'animisme et d'ange gardien, ce serait aussi un lien entre chaque homme, il y aurait un peu de lui en chacun de nous, quoi...

— On déboucherait sur ta troisième partie, j'ai l'impression. Réinventer les rituels et les croyances, rituels collectifs versus rituels individuels. C'est peut-être une autre forme de bêtise, ou de folie, plus douce dans la mesure où tu n'es pas certain de détenir la vérité... En tout cas, tu plagies quelques éléments de croyance au christianisme.

— Tu es impayable, maman..., dit Jocelyn en modelant une pyramide dans le steak, puis en détachant des blocs soigneusement pour les assimiler à son organisme.

— C'est un compliment ?

— Oui, j'ai de la chance. Tes conversations... C'est vertigineux... Je me demande comment font les autres...

Cette remarque avait crispé Charlotte, par angoisse. Enseignante depuis quatorze ans, ses idéaux se heurtaient à une réalité déprimante.

De son côté, Jocelyn avait aussi relâché son attention. Il se disait que c'était facile de sortir du monde, de s'évader de l'histoire. Il voyait bien l'air songeur de sa mère. Il avait l'impression que tout le monde faisait cela à longueur de journée, sortir de la réalité, rêver, refaire les choses dans sa tête, devenir quelqu'un d'autre... manger des idées, avaler des images... Sans jamais parvenir à une pleine conscience...

Sa tête était grisée de pensées troubles et inanalysables.

Jocelyn aurait bien aimé, plus tard, devenir écrivain.

Dès ses huit ans, il s'était mis à écrire des histoires ; d'abord pour sa mère qui lui en avait tant lu lorsqu'il était plus jeune et qui lui en lisait encore lorsqu'il tombait malade ; puis pour des copines ; et pour lui même, enfin, lorsqu'il se trouvait seul.

Observant les débuts de son recueil de citations, il comparait volontiers, un peu moqueur, son travail à celui d'un philatéliste — ses citations comme un amas de vignettes de tous pays, de toutes cultures. Décidément, la frustration l'emportait sur la satisfaction.

Il était tenté de se mettre devant son ordinateur pour frapper les touches du clavier au gré de son imagination. Il écrivit :

> *Mon cœur a arraché ses amarres.*
> *Car j'ai vu, cet après-midi, la poitrine phénoménale de Gilberte : Ses deux gros seins ont poussé comme deux merveilleux champignons, hors de son corsage, pour épandre leurs spores aromatiques dans le réceptacle sensitif de mes globes oculaires...*
> *Et mon cœur est parti au fil de l'eau.*

(Ça, c'était plus fort que lui : Arthur Rimbaud, un peu partout.)

Mon orgueil m'a quitté ; la nuit, je rêve que j'empoigne sa chair grasse et douce, je mords la peau fragile et tendre. Je ne mange plus. Je me nourris de vide. Et je me comble de vie.

Sur le haut de ses seins, des taches de rousseur ; ces taches restent en moi comme l'empreinte sur l'œil d'une lumière violente ; et je ne peux fermer les yeux sans voir...J'ai voulu toucher ces deux seins, les prendre dans le creux de mes mains. Gilberte, Ô, plus tentante qu'une odalisque.

Cette envie a persisté quatre jours.

Puis j'ai vu le sourire de Corinne, puis les trois grains de beauté sur les hanches de Joséphine...

La persistance rétinienne ne dure qu'un temps.

Jocelyn n'avait pas pu prolonger son récit. Il était fatigué et le récit s'était clos de lui-même. Ce n'était pas comme cela qu'il écrirait un livre...

D'ailleurs, quelques instants après, quand il le relut, il trouva que le texte était particulièrement vain. Il se sentait irrémédiablement gagné par un écueil terrible pour le penseur rêveur : l'impression de vide, d'inutilité, de prétention ridicule. Et pour qui écrivait-il, ce poète poseur ?

Post scriptum, animal triste...

Peur de l'inutilité, de la médiocrité — pris d'angoisse, il joua deux heures à un jeu de développement de civilisation sur son PC ; ses archers Perses se faisaient attaquer par des samouraïs japonais et quand sa mère passa lui dire « Save your game and good night », il éteignit à regret l'ordinateur et s'effondra sur son lit où il trouva avec beaucoup d'encombres la voie du sommeil :

— Et puis qu'est-ce que c'est, en fait, la Civilisation ?..., grommela-t-il en s'évertuant à dormir.

*

Cette fois-ci, le lendemain, lorsque le réveil sonna, c'était le lycée pour de bon qui attendait Jocelyn au bout de la voie du réveil.

Après de drôles de mouvements superflus et superflous qui s'apparentaient à de la gymnastique, Jocelyn sortit de sa chambre.

« *George Bush réaffirme sa détermination...* »

Jocelyn absorbait son bol de "Grollogs" fourrés au chocolat tout en écoutant la radio avec anxiété. Il y avait dans son regard une expression soucieuse, un froncement de sourcils d'analyste.

Une fois son bol déposé négligemment dans l'évier, laissé aux bons soins maternels, il s'en fut occuper la salle de bains où il prit une douche tiède qui faillit bien le conduire au royaume des rêveries aquatiques, mais sa mère fit bramer la porte de la salle de bains en cognant dessus :

— Dépêche-toi un peu Jocelyn ! Tu vas partir en retard...

— Yesss ! Oui, mère ! Je m'anime, je chante comme les colosses de Memnon sous le vent d'Occident !

— Que dis-tu Jojo ?, demanda Charlotte à la voix de son fils, assourdie par la réverbération de la salle de bains.

— Pardon ? Quoi ? Qu'est-ce que t'as dit ?, fit Jocelyn, lui aussi gêné par le bruit des cataractes qui jaillissaient de la pomme de douche.

Dommage, il était fier de son trait d'esprit, mais il n'avait pas entendu la réaction de sa mère.

— Dépêche-toi ! Il faut que je sois au lycée assez tôt, moi aussi !, lança Charlotte quand elle se fut assurée que la douche avait interrompu son jet.

— Maman !, clama Jocelyn en se frictionnant avec une serviette volée dans un hôtel marocain, il revient quand Philippe ?

— Il revient aujourd'hui !

— OKéhé !, fit le jeune garçon en sifflotant et en jetant quelques coups d'œil inquiets au miroir : mais décidément, il se trouvait mieux avec le crin mouillé, il aurait été un plus beau gosse s'il avait eu les cheveux noirs ou bruns.

Il songeait, inquiet, à son apparence ; il songeait aussi qu'il aimait bien Philippe, le type qui logeait sporadiquement dans l'appartement et la vie de sa mère. Il l'aimait bien, mais pas seulement. C'était trouble.

Philippe ne travaillait pas dans la branche la plus passionnante : il s'occupait d'économie. Jocelyn n'avait pas encore bien compris ce qu'il faisait exactement comme métier, mais bon... ils avaient quelques discussions intéressantes.

Et puis Philippe était un sacré connaisseur en musiques de tous genres.

Le problème, c'était que Philippe devait s'absenter des semaines pour son travail et qu'il trouvait peu de temps pour voir Charlotte. Aussi, avait-elle des périodes mélancoliques, lorsque son ami lui annonçait une nouvelle mission dans je ne sais quel coin de la France, ou pire : quand il devait partir dans un des pays européens. Ce qui était étrange, c'est qu'il ne restait jamais bien longtemps chez eux. Où habitait-il, le reste du temps ? parce qu'il ne pouvait pas y avoir que les missions...

Au seuil de l'appartement, il sursauta en tombant nez à nez avec l'étrange amant de sa mère — un grand type avec de lourds avant-bras et un regard brillant.

Philippe survenait ainsi au gré de son emploi du temps ; et toujours, il semblait heureux d'être là, insolite ; il semblait ne pas savoir quoi faire sinon rester au milieu du passage avec un sourire bizarre ; il récoltait, au passage, des baisers de Charlotte, et ses yeux quittaient le moins que possible les cheveux bouclés de Charlotte, la belle ensorceleuse, Charlotte !

Jocelyn se sentait de trop, il se laissait intimider par la taille de Philippe ; et de toute façon, il était bientôt l'heure.

— Eh bin, euh, salut, à ce soir, dit-il.

— Travaille bien, lui dit Philippe.

— Tu nous attends ici ? Tu vas faire quoi ?

— Oh, j'ai amené mon ordinateur. Je vais pouvoir travailler à la maison aujourd'hui.

— Okéhé !, fit Jocelyn.

Hors de chez lui, les murs de la Rue Royale élevaient leurs arcades vers le ciel ; la pierre se jetait vers le firmament d'un bleu profond, encore sombre de la nuit qui s'éclaircissait déjà.

Quel idiot ! « Okéhé ! » Il l'avait lancé, faussement détendu, alors que ça devait se voir qu'il était tout gêné.

Fallait-il se laisser impressionner par Philippe, alors qu'il le connaissait depuis plus de deux ans ? Et, il n'avait pas rêvé, Philippe avait bien dit « travailler *à la maison* ». Se considérait-il, enfin, chez lui ? Ces mots produisaient des sentiments contradictoires en Jocelyn.

Il se brancha sur son baladeur qui ne tarda pas à émettre des ondes et des signaux électroniques dans son cerveau ; il écoutait un album de remixes faits par Plaid, un groupe d'électro. Jocelyn se lança d'un pas vif, puissant. Il remonta ainsi la rue avec légèreté.

Soudain, il se fit doubler par le tramway orléanais, au design futuriste. Il ne l'avait pas entendu venir ! Jocelyn suivit des yeux les évolutions de cette chenille dorée qui glissait souplement en chantant une plainte presque douce.

Fouetté par un vent frais sorti d'une rue transversale, il réfréna une envie de courir qui lui était venue sous l'action du froid et de la musique. Il aurait voulu tromper son ennui par l'imagination, par la superposition d'un monde mystérieux sur la ville, mais ce matin l'inspiration ne venait pas ; la rêverie restait muette. L'urbanisme minéral d'Orléans s'y prêtait bien, habituellement. Mais il semblait que le froid pénétrant l'empêchait de penser. Cette musique... Une musique de robot...

« L'homme rêve que ses machines lui facilitent la vie, qu'elles le rendent plus sensible au plaisir.

Et comment se présente la réalité ? En réalité la machine a toujours été et sera toujours l'ennemi le plus dangereux de l'homme, le menaçant de destruction s'il ne parvient pas à se distancer d'elle. » Wilhelm Reich.

Pour se distraire, il fut seulement capable d'établir une petite liste des groupes de musique qu'il aimait bien.

Avant le week-end, Dorothea, une camarade du lycée, lui avait posé une question sur ses goûts musicaux et il avait bredouillé, citant les Pink Floyd. Et ce nom, trop célèbre, trop grand, avait absorbé tous les autres dans son prisme obscur. Il avait ajouté « ou encore Iggy Pop, ou Prince » parce que ces noms pouvaient le tirer d'affaire. Mais dans l'ombre de ces monolithes musicaux, sa grande culture musicale, dont il n'était pas peu fier, s'était étiolée face aux yeux vifs de Dorothea.

C'était pourtant l'un de ses sujets de prédilection.

Hélas, il fallait l'admettre : il avait perdu ses moyens (et ce n'était effectivement pas la première fois qu'il se trouvait embarrassé devant une jolie fille...).

Jocelyn avait maintenant dépassé la Place du Martroi, et il était déjà bien engagé dans la Rue de la République.

Il se souvint qu'à la suite de cette demie conversation, d'autres types s'étaient *incrustés*, et ils s'étaient moqués de lui parce qu'il avait eu le malheur de dire du mal des radios en vogue.

— *T'écoutes quoi, alors ? des trucs de bourge, non ?*

Jocelyn affirmait qu'il pouvait aimer pratiquement n'importe quel style de musique, mais qu'il pouvait détester de nombreuses choses dans tous les genres, dans tous les registres, par simple goût. Il s'effarait de constater que de nombreuses personnes se contentaient des produits formatés qu'on leur enfournait dans les oreilles, à grosses bafflées, par la radio ; ce qui l'embarrassait encore plus, c'était le cas de ceux qui n'écoutaient qu'un style de musique : par exemple, un des pires intégrismes musicaux, selon Jocelyn, s'était constitué autour du reggae.

Il était étonnant qu'il y ait de tels schismes sur le sujet de la musique entre les jeunes. Mais c'était la profusion de l'offre qui produisait cela.

Du coup, les imbéciles attendent qu'on leur dise ce qu'il faut écouter. On leur a appris à brouter de l'herbe alors qu'il y a partout des fleurs délicieuses et des bosquets d'acacias.

Voilà où en étaient les réflexions de ce fieffé snobinard de Jocelyn quand il parvint au seuil de la masse hideuse du complexe commercial Place d'Arc qu'il pouvait choisir de traverser ou de contourner pour se rendre à son Lycée.

Face à lui, la grande esplanade de dalles de granit enjambait les boulevards et les couloirs de bus, montait par degrés jusqu'au centre commercial lui-même : dans une confusion de panneaux de pierre écru ou saumon, sous un chapeau hexagonal de verre fumé, une large entrée vitrée s'ouvrait sur des chaînes de magasins de vêtements.

Jocelyn s'arrêta un peu, histoire d'attendre Dorothea qui n'allait pas tarder à arriver par le boulevard Alexandre Martin ; elle venait de l'ouest, poussée par le vent. Un SMS lui confirma la brève échéance.

Dorothea : une fille assez grande avec une souplesse d'anguille, au joli nez orné d'un minuscule piercing sur la narine droite, à la bouche généreuse et narquoise, aux sourcils entretenus avec un souci d'horticultrice, fins et très dessinés, décrivant une courbe légère — là-dessous deux yeux de biche, inquiets et noirs. Ses cheveux courts très sombres et très lisses laissent apercevoir des petites oreilles au lobe piqué d'une boucle d'oreille peut-être en lapis-lazuli. Une savante sophistication, un tempérament où l'émotion est souveraine.

Mais il devait être en avance. Normalement, c'était elle qui l'attendait.

Emile et Marina passèrent devant lui : on les voyait partout ces deux amoureux à la réputation fabuleuse, quasi-mythique ; lui était du lycée Pothier et elle du lycée Jean Zay, deux établissements du centre-ville ; aussi les repérait-on à l'un et l'autre endroit, aussi connaissaient-ils quasiment toute une génération d'Orléanais ; du moins, tout le monde les connaissait de vue... La main blanche de Marina trouvait refuge dans la large main noire d'Emile ; Jocelyn les trouvait beaux. Bien sûr, quelques garçons imbéciles avaient avancé des raisons peu nobles à leur amour — stéréotypes et humour rebattu par des esprits limités... Jocelyn songea, amusé, qu'il semblait que les garçons étaient toujours les premiers à fantasmer sur le sexe des noirs... Puis il se dit que lui-même était, d'une certaine façon, coupablement raciste de s'émouvoir, même si c'était positif, de la beauté singulière de la rencontre de deux carnations de peau. Il leur fit un geste amical de la main. Malgré tout, son élan de sympathie pour eux était sincère. Les amoureux lui rendirent son salut en souriant.

Cela lui provoqua une absurde bouffée d'orgueil. Il eut brièvement l'impression que d'autres personnes avaient vu cette marque de célébrité.

Dorothea les suivait de près, elle trouva à Jocelyn un air rêveur.

— Salut toi ! C'est sympa de m'avoir attendue.

— Bin, comme d'hab', quoi. Coucou. On va quand même se dépêcher, pour éviter que ma mère nous rattrape. Tiens... J'ai ton CD.

— T'as aimé ?

— Excellent, surtout « Queen Bitch ». Une putain de chanson.

— Carrément ! Elle me met bien la pêche, celle-là... On passe par Place d'Arc ? J'aimerais m'acheter une viennoiserie avant d'aller en cours.

— OK, va pour ce cloaque immonde du commerce..., dit Jocelyn en se mettant en marche.

— Oh là là ! T'aimes vraiment pas ce genre d'endroit, toi..., ironisa Dorothea, en trottinant pour rattraper la foulée du garçon.

— Ouais, c'est à dire... Tu sais quoi ? J'ai lu que ceux qui créent ces malls les conçoivent comme des milieux de vie privilégiés. En fait, un peu comme des lieux de rencontre où on échangerait des idées d'achat avec d'autres consommateurs. Genre, le *locus amoenus* du XXIème siècle... Quand je pense que dans certains endroits du monde ils essaient d'implanter des logements là-dedans... Moi qui traîne des pieds pour faire les magasins... Je crèverais de vivre au milieu d'un truc comme ça...

— Ha ha ha... Tu deviendrais un consommateur à ton tour, c'est tout. On te gaverait de musique de supermarché ; et petit à petit tu te mettrais à rêver de fringues de marque, de baskets pleines de stickers. Sans compter que tu te mettrais à grossir... À moins qu'ils n'ouvrent une salle de sport, ce qui serait pratique : tu n'aurais même pas besoin de sortir et t'irais te faire un physique sur le moule standard du muscle bien gros, bien noueux ; tiens, comme le type sur cette pub pour caleçons...

— C'est pas non plus un bodybuilder..., émit Jocelyn.

— Mais même un corps comme ça, ça ne t'irait pas...

— Ah bon, tu trouves ?, fit Jocelyn avec un air désappointé, penaud. Sinon, je me demandais... Tu crois qu'ils mettraient des trottoirs mécaniques, pour nous épargner l'effort de marcher ?

— Pourquoi pas ? T'as vu comme moi les photos de l'Exposition Universelle de Paris, à la fin du XIXème siècle... Ou sinon, des petits véhicules individuels...

— Une belle bande d'handicapés... Tu crois que ça influerait sur notre volonté ? qu'on deviendrait des moutons ?, demanda Jocelyn.

— Bien sûr... Quand tu n'as plus besoin de fournir le moindre effort, tu deviens un mouton. Ton état général se dégrade ; ta tête, elle, prend direct la direction de l'amollissement ; c'est la décérébration en règle, et alors tu deviens sensible à la moindre contrariété, un vrai con...

— Mais, en fait, on est déjà tous un peu mous et cons comme ça, non ?...

— Super, c'est lundi, et j'avais presque oublié ton pessimisme ! Tu m'as déprimée, maintenant.

Elle rit faussement, puis se dirigea vers la boulangerie où elle demanda un pain au chocolat.

Jocelyn reprit la parole :

— T'es marrante... Tu me dis que tu vas acheter une viennoiserie et tu t'achètes un pain au chocolat...

— C'est pas une viennoiserie peut-être ?

— Non... Mais tu pouvais dire carrément : « Je vais me prendre un bon gros pain au chocolat ».

— Oui, mais je suis une fille raffinée, moi...

*

Les voilà maintenant qui se présentent devant la grille du lycée et Jocelyn ressent une pointe amère au creux de l'estomac. Il ne se sent toujours pas à sa place ici.

Jocelyn ne se trouve pas, à proprement parler, au sein d'un *groupe d'amis* ; il a des copains, des copines, des camarades avec qui il s'entend bien, qui ne s'entendent pas toujours bien entre eux. À vrai dire, il n'aime pas l'expression *groupe d'amis*, synonyme de repli sur une entité virtuellement définie, vouée à l'implosion, à l'autodestruction, par sa suffisance insuffisante.

Certes, il a un très bon copain, Sebastian, qu'il considère fraternellement et dont il apprécie les capacités intellectuelles à la hauteur des siennes.

Généralement, il estime avoir rencontré au lycée de nombreuses personnes à qui parler, se confier ; ceux-là peuvent peut-être se compter parmi ses amis. Il a une certaine prétention à de hautes qualités spirituelles, mais il n'est jamais bien sûr de lui cependant, et ne sait pas si les autres recherchent vraiment sa compagnie. Ce qui compte avec lui, c'est l'amabilité, la bienveillance. Et on ne peut pas dire que la société lycéenne orléanaise brille de ces qualités : prétentieux, bêcheuses et médisants sont légion.

De fait, Jocelyn a une définition plutôt large de l'amitié, à l'opposé justement de Sebastian pour qui c'est une chose sacrée, un lien d'une force exemplaire.

Il faut concéder à Sebastian qu'on passerait ses vacances plutôt avec lui qu'avec un autre, qu'on se confierait plus volontiers à lui qu'à un autre et qu'il a un intellect à la hauteur. Mais si Sebastian affirme avec le plus grand sérieux « en amitié, on doit tout se dire », Jocelyn, pour sa part, convertit sa culpabilité en cynisme ; il sourit doucement et pense : « et si je te disais que je fantasme sur ta sœur ? »

Et en réalité, il semble bien qu'il arrive à Sebastian lui-même de ne pas parler de ses soucis à Jocelyn, voire de lui mentir. Aussi, lorsque Sebastian lui demande de jurer sur leur amitié qu'il ne ment pas, Jocelyn peine à ne pas éclater de rire...

Pour rendre justice à la conception d'amitié de Jocelyn, c'est l'ami le plus accommodant qu'on puisse trouver, si l'on peut toutefois supporter son obsession à avoir le dernier mot. Beaucoup l'apprécient néanmoins pour une étrange faculté de sophistication et de timidité conjointes, et pour la facilité de son abord. Ajoutons à cela qu'il faut peut-être éviter de trop entrer dans son jeu car on ne l'arrête plus ensuite...

Ce matin, Dorothea s'est étonnée d'avoir réussi à lui donner la réplique ; elle le croyait dans d'autres sphères, et elle se rend compte qu'il est facile d'y entrer, d'y jouer tout à son aise. Elle n'a pas eu recours aux provocations habituelles ; elle n'a même pas joué avec sa timidité ; mais peut-être aussi parce qu'il était plus à son aise ; c'est vraiment un garçon marrant, se dit-elle, pour résumer sa pensée, tandis qu'ils battent de conserve les carreaux gris du bâtiment B, bâtiment de Pothier réservé aux sciences (démoli depuis).

— On va passer par le deuxième étage, normalement, les TS3 y sont, pour leur TP de physique, précise Dorothea.
— On a encore dix minutes avant la sonnerie, remarque Jocelyn.
  Là, ils retrouvent d'anciens camarades de la classe de seconde, avant les changements d'orientation.
  Arnaud entretient la bonne humeur de ceux qui l'entourent en décrivant une scène entrevue à un concert de punk donné le samedi soir à Saint Denis en Val :
— Non, non, attends ! La batterie cognait vraiment fort ! Le mec avait une double pédale. J'te jure, un rythme de mitraillette ! Et là, devant moi, y avait Justin ! Il était trempé de sueur. Il se donnait comme Conan le Barbare sur un champ de bataille ! Avec sa tignasse des cavernes, là, il la faisait tournoyer comme une grande serpillière jaune et juteuse !
— Aoh, dégueu ! Haha !
— Non, j'te jure, fallait pas t'approcher, tu t'en prenais partout !
— Aah, des gouttes de sueur de Justin !
— T'es jaloux de ses cheveux, Arnaud !
— Et là, il en pouvait plus, il est monté sur scène. Elle était haute, il l'a franchie comme il a pu et il s'est dressé dans toute sa pu-i-ssance. Puis il a commencé à tourner sur lui-même, juste devant le guitariste, comme un lion qui se battait avec sa queue. La tête rentrée dans les épaules, la crinière flamboyant dans les projos. Il s'est approché en bondissant du bord de la scène et il s'est lancé en l'air, pour *slammer*.
— Non, il a fait ça ?, dit une fille en mettant la main devant la bouche, les yeux écarquillés, faussement inquiète.

— J'te jure ! Là, le temps s'est arrêté façon film de John Woo, ralenti, envol d'oiseaux et tout. Lui, il était suspendu dans les airs, et ceux d'en dessous, ils ont vu la menace dégoulinante de sueur. Ils se sont précipités sur les côtés !

— Aïe ! N'en dis pas plus, je crois que je connais la chute, fait quelqu'un.

— Ouais, bin effectivement, il s'est lamentablement croûté par terre. Le sol tout poisseux. Même après, les pompiers sont venus le chercher. Haha, il était trop mal. La mâchoire en vrac, t'aurais vu ça... Mais, au fait, Jocelyn, il est dans ta classe, non, Justin ? Tu verras s'il est là ce matin !

Et pendant ce temps, à propos de lion enragé, en Irak, un dictateur écoute Beethoven et se tord les moustaches en s'enivrant de whisky.

Mais il est plus que temps de filer. Jocelyn et Dorothéa se dirigent vers le bâtiment C où le cours d'Anglais va bientôt commencer.

Devant la porte de la salle de classe, ils découvrent Sebastian et Sonia, hilares, en pleine moquerie, et leur cible, Justin, le bas du visage bandé. Aux questions pressantes de Sonia, Justin répond évasivement qu'il s'est blessé à un entraînement de handball.

Paraît au bout du couloir Mrs Grenadin (de veau), la prof d'Anglais, farfouillant dans son sac à dos rose fuchsia pour trouver ses clés. Elle souffle un peu fort sa course dans les escaliers mais son sourire malicieux, candide, dans un mignon visage replet empêche quiconque de la trouver ridicule.

— Mornin', fait-elle à la cantonade, tournicotant gauchement la clé dans la serrure.

Et les élèves entrent à sa suite.

Ce fut un cours un peu morne, comme souvent le lundi en première heure. L'ambiance sombre de la pièce de théâtre d'Harold Pinter saisissait les élèves. Quelques élèves parvinrent néanmoins à produire une lecture convaincante des paroles narquoises de Mick qui découvre le clochard Davies en train de fouiller les affaires de son frère.

Les ventres commencèrent à gargouiller et à se plaindre dès dix heures et il fallut supporter les affres de la faim jusqu'à treize heures vingt car il y avait encore l'option latin, logée à l'heure la plus fatale pour les organismes adolescents. M. Derouiche choisit un texte qui décrivait un banquet, ce qui ne contribua certes pas à la bonne humeur des élèves.

Heureusement, passées ces quelques épreuves, la journée du lundi finissait tôt : quinze heures cinq. On sortit en groupe, Sebastian, Dorothea, Jocelyn, Christophe et Florence, deux autres camarades de classe.

— Eh, y a Evren, dit Dorothea. Eh oh, l'appela-t-elle, tu te joins à nous ?

— Eh, salut Miss. Woah, y a tous les mecs de ta classe après toi, là... Non ?

— Non, il y aussi Justin, mais il n'est pas avec nous, précisa Sebastian.

Christophe dit en aparté à Jocelyn que Dorothea était sortie avec Evren pendant quelques semaines en seconde. Elle n'avait pas voulu aller plus loin que les baisers...

Pas loin de la grille du lycée, devant les tours jouxtant la gare SNCF, Evren attira l'attention sur un jeune homme à l'allure redoutable : c'était le plus ridicule stéréotype du jeune des cités. Les mains blotties dans la poche ventrale de son sweat-capuche ; sur sa large poitrine pesait une chaîne à lourds maillons plaqués nickel — virilité de Rottweiler style U.S. made in China.

— Les mecs... Discrets... Vous l'avez vu, lui ?, fit Evren exprimant par gestes l'inquiétude et la conspiration.

— Ouais, il fout les jetons, frémit Dorothea.

— J'ai un cousin, à La Source, il me parle que d'lui, reprit Evren. Tariq, il s'appelle. C'est une grosse caillera. C'est un malade. Faites vraiment attention à pas le regarder, il arrête pas de chercher les embrouilles. Paraît qu'une fois, avec sa bande, ils sont allés mettre le feu à la maison d'un bourge qui avait dit partout que son shit était d'sale qualité.

— Sérieux ? Et il a pas été coffré ?, s'étonna Christophe.

— Non, j'imagine que c'est plutôt un de ses lieutenants qui a pris à sa place... Mais j't'e jure, ils en ont parlé aux infos d'la trois...

— OK, donc, c'est le gars à éviter, bien compris..., éluda Florence. Bon, qu'est-ce qu'on fait ? Ça vous dit de prendre un pot dans un bar ?

— Mouais, bin j'vais vous laisser alors, désolé, dit Evren. J'ai pas une thune.

— Ah merde, c'est con, fit Sebastian.

En définitive, ils se séparèrent plus tard, après avoir un peu erré dans la rue de la République, rue piétonne et commerçante où l'on trouve tous les magasins franchisés qui établissent et révèlent un statut incontestable de chef-lieu de province.

Traînant les pieds jusqu'à chez lui, Jocelyn vit sur le trottoir en face un regroupement de jeunes. Ils semblaient affairés, oublieux de tout ce qui les entourait. Une étrange fièvre s'attardait dans leur regard concentré sur une longue table où s'organisaient des étalages de cartes multicolores. *Ah oui, c'est la mode, ces cartes de jeu, en ce moment*, se dit Jocelyn. Il fut tenté d'aller y jeter un œil. Mais il fallait traverser la rue, alors qu'il avait déjà la main sur la poignée de l'entrée de son immeuble.

Il les laissa donc à leur drogue inoffensive.

II

Le mercredi 19 mars 2003, Saddam Hussein refusa de sortir d'Irak au prétexte capricieux qu'il ne souffrait pas qu'un homme dont il n'était pas l'ami l'appelât par son prénom et se permît ensuite de le prier d'abandonner la place. Saddam, donc, plia les plans qu'il avait si soigneusement élaborés pour détruire massivement la terre ; il les fourra dans ses poches, puis il se lava les mains pour qu'aucune trace suspecte ne soit détectée par les satellites espions. Après quoi, il creusa la terre de ses (si) propres mains et s'enfouit dans le sable comme un crabe qui attend la marée.

Ce même mercredi 19 mars, une salle de réunion du trust "Grollogs food inc.", on accueillait les chargés de com' responsables de la dernière campagne. On y faisait le constat de l'échec de l'offre promotionnelle : le nombre de commandes de streetwears "Grollogs" était « en deçà des projections ». La quantité de paquets de céréales vendus dans le cadre de cette promotion était « constante », « non significative en regard des paquets vendus l'année précédente, sans promotion » (+ 0,034%) ; de plus, si l'on prenait en compte l'augmentation globale des ventes de céréales "Grollogs" sur l'année (+ 0,030%), le bilan était navrant. Le *branding* ne prenait pas... Le *positionnement* de l'image de la marque au plus près des 12-16 ans n'avait pas porté ses fruits. Quelqu'un soupira : « Bon, *back to plan A*... Se servir du levier des superhéros... On va devoir demander aux créas d'associer un super-héros aux Grollogs fourrés...

— Hum. J'avais un peu prévenu, au moment de nos premières concertations… On ne créera pas d'impact ROIste si on n'y associe pas la créa… », martela, anxieux, le responsable clients.

*

C'était exactement le même mercredi 19 mars, qui voyait tant de têtes pensantes dépitées, que Jocelyn humait l'air par la fenêtre avec quelque griserie : il pensait à Solange sans retenue. Il imaginait des jeux troublants, une façon libertine de faire semblant de rien alors qu'on s'abandonne doucement… Toujours les longs cils de Solange battaient doucement, et ses yeux clairs jouaient l'innocence ; puis l'imploraient : cessons de jouer, prends-moi dans tes bras. Et il serrait son corps souple et léger contre lui, baisait ses lèvres avec sensualité.

Le corps de la belle blonde était chaud comme le radiateur qui s'appuyait sur son bas ventre…

Le téléphone sonna.
Euh !
Bien ! Euh !
Il fallait bien décrocher ce foutu téléphone ! Il y en avait un dans sa chambre qui tintait cruellement ; Jocelyn s'empara du combiné :
— Allo ?
— Hey, salut Jake, c'est Sebastian.
— Hrm… Jake ? Qu'est-ce que c'est que ce surnom ?
— C'est Solange qui vient de me dire : T'appelle Jake ? Dis lui coucou ! Alors… Euh… Coucou de ma sœur !
— Ouais… Hrm… — Jocelyn se racla la gorge, se passant une main sur la nuque, alors qu'une suée envahissait son corps, la chaleur du radiateur devenant brusquement écoeurante — Bien, oui, hrm… parfait, tu lui passeras le bonjour.

— Enfin bon... Si j't'appelle... Tu devines pourquoi...

— Pour un devoir ? Le DM d'histoire ?

— Mais non, chaton... Je t'appelle pour parler de Bush et de Saddam...

— Ouais, je vois, ouais... Ça... ça te fait flipper ?

— Un peu que ça m'fait flipper !, cria presque Sebastian.

— Je sais pas trop... Des fois, je me demande si tuer ce dictateur ça va pas arranger les choses, quand même...

— Attends ! Déjà... S'ils arrivent à le tuer ! Et puis après ?! Qu'est-ce qu'y va s'passer après ? Le pouvoir aux américains ou bien la guerre civile, ouais !

— Calme-toi. On en a déjà parlé..., tenta Jocelyn.

— Mais laisse tomber ! Y va y avoir des manifs ! Va falloir y aller, ouais !

— Aller en Irak ?

— Aux manifs, putain ! Fais pas le débile, c'est pas le moment de me chauffer !

— Ah ? ... Oui, enfin moi, tu me connais : j'pourrai pas y aller parce que tu vas voir qu'il y aura des gens qui vont crier "Allah akbar !" et ça va me rendre complètement parano...

— Pourtant va falloir se bouger, *man* !

— Ouais *man*, mais bon... Tu vois ? J'pense que Bush s'en fout des manifs à Orléans...

— Arrête ! Putain, Joss, fais pas ton p'tit slip ! C'est quand même nécessaire de faire ça... On n'aura qu'à aller manifester à Paris samedi, ça lui sera peut-être moins égal, à l'autre mégalo !

OK, Sebastian était vraiment à cran.

Jocelyn, lui, avait une voix découragée d'avance :

— Bof, tu crois vraiment ? Ça me dit trop rien...

— Bin j'irai avec ma sœur, alors ! Et il y aura certainement des filles aussi, je vais les mobiliser : Dorothea et tout...

— Oui, hrm... c'est peut-être une idée, y aller à plusieurs... — Jocelyn s'était éloigné du radiateur et s'était redressé, s'appuyant contre le bois d'une étagère — Je voudrais pas que ce soit notre seule raison de monter à Paris, tu vois. Mais sinon... Oui, si on est plusieurs... à ce moment-là ça pourrait m'intéresser un peu plus...

La conversation fut bien longue ; Sebastian était très préoccupé par la situation internationale et Jocelyn, un anxieux de premier rang, n'était pas convaincant dans le rôle du pondérateur. En définitive, ils adoptèrent le projet de manifestation et convinrent des camarades à galvaniser.

*

Dorothea a toujours été entourée d'adultes.
Elle est fille unique.
Ses parents s'aiment très visiblement, trop ostensiblement à son goût, parfois.
Ça ne lui a pas laissé beaucoup de place dans leur attention.
Ils l'aiment, elle en a reçu toutes les preuves. Mais elle se situe à la périphérie de leur couple. C'est la place qu'ils lui ont donnée et qu'elle a adopté naturellement. Elle s'est accommodée à cet état, parce qu'ils l'ont traitée comme une grande, lui posant des questions et l'écoutant attentivement.
Elle s'est construite comme cela, avec les livres de la bibliothèque familiale. Dans chacun de ces livres, il y a un peu de ses parents ; c'est grâce à ce monde intellectuel qu'elle a pu les rejoindre. Ça a été sa chance de pouvoir participer à leurs conversations.
Quelques oncles et tantes, des cousins et des cousines déjà tous adultes complètent cet environnement familial où il n'est plus possible depuis longtemps de jouer l'enfant.
Le mercredi soir, il n'est pas rare qu'un repas de famille soit organisé chez les uns ou chez les autres ; ils sont alors une dizaine, en moyenne, à ce repas quasi-mensuel.

Dorothea sent qu'elle prend de l'aisance, elle se sent moins intimidée. C'est bien agréable de pouvoir parler en compagnie de gens proches, si cultivés. Elle se félicite d'avoir une famille où l'intelligence reçoit quelque considération.

Mais curieusement, ce mercredi soir, alors que le débat s'anime autour du Moyen-Orient, son attention fléchit pour aller se poser sur un mystère grandissant : qu'éprouve-t-elle pour Jocelyn ?

C'est indistinct, c'est très vague ; elle y pense de plus en plus. Ces derniers jours, elle a adoré devenir son amie. Pendant près de deux ans, ils s'apercevaient sur le trajet du lycée. Ils avaient quelques connaissances en commun. Et puis ils s'étaient retrouvés dans la même classe. Elle avait été scotchée par les notes qu'il obtenait en philo. Jamais en dessous de 17. Il avait même eu un 20, une fois... D'ailleurs, cela avait titillé son orgueil de compétitrice. L'année précédente, c'était elle qui obtenait les meilleures notes en littérature... Et, depuis peu, quelque chose s'épanouissait entre eux... *Les deux têtes de la classe*, sourit-elle intérieurement, *voilà qui ferait jaser*... Elle aime l'idée qu'elle devient amoureuse, que bientôt peut-être elle ressentira des émotions très fortes. Mais avant de se sentir amoureuse, il faudrait en savoir davantage sur ce garçon... Intellectuellement très au-dessus, en plus d'être assez mignon. Il est tellement bizarre, il a l'air de venir d'un autre monde.

À bien y réfléchir, elle les a remarqués depuis longtemps, lui et son copain Sebastian, dès l'entrée au lycée ; ils avaient une allure plutôt différente de celle des autres garçons. Ni plus matures, ni plus enfantins, mais plutôt bizarrement bourgeois, et parfois Jocelyn était vraiment négligé, avec des cheveux ébouriffés — bien fringués un jour, miteux le lendemain, et jamais sérieux, finalement pas trop de véritable attitude ; pas un genre de types à étudier leur style... mais une telle lueur d'intelligence par-dessus tout cela...

Depuis lundi, ils ont parlé de musique, de faits de société, de films ; elle aime cette diversité et elle commence tout juste à mieux cerner le personnage.

Il se moque souvent de lui-même, comme pour se défendre ; on dirait qu'il prend tout à la rigolade et, parfois, sous un angle pessimiste, ce qui peut s'avérer énervant, mais qui est touchant l'instant d'après...

Et puis ils ont commencé à se prêter des disques. Dernièrement, elle lui a passé un de ses CDs préférés : *Hunky Dory*, de David Bowie ; Dorothea adore se réveiller avec ça. Elle est contente de trouver enfin quelqu'un qui s'intéresse à ce qu'elle écoute. Elle se sentait un peu esseulée avec toutes ses copines fans de Eminem, ou des Red Hot Chili Peppers dont elle ne supporte plus les chansons mille fois entendues, et tous ses copains qui écoutent Rammstein, Marilyn Manson ou Placebo. Il est vrai que David Bowie, en son temps, c'était mille fois entendu aussi... mais elle lui trouve une fraîcheur qu'elle ne reconnaît pas aux groupes actuels.

L'ouverture d'esprit de Jocelyn en matière de genres musicaux l'a étonnée, et agréablement : elle sait qu'elle pourrait aussi bien échanger des albums de funk que des bizarreries rock ou de la musique classique. Dans leur dernière conversation, il a mentionné Curtis Mayfield, Robert Wyatt, Sonic Youth, Pavement, mais aussi Dizzie Gillespie et même Gustav Mahler...

Distraite et fatiguée par la profusion des conversations autour d'elle, par les paroles échangées en tous sens par-dessus sa tête, alourdie par toute une cuisse de pintade, Dorothea est sur le point de quitter la table pour regagner sa chambre lorsque sa mère, revenant de la cuisine, vient la tirer de sa torpeur en lui tapotant l'épaule.

— Le téléphone... C'est pour toi.

— Pardon ?

— C'est Sebastian au téléphone. Pour toi.

— Ah !? Qu'est-ce qu'il me veut, lui ? Euh... D'accord. Je prends.

Les pantoufles de Dorothea glissent sur le parquet jusqu'au hall d'entrée où se tient l'un des quatre téléphones de la maison :

— Allô ? Sebastian ?

— Eh ouais, c'est moi !

— Eh bin... pourquoi tu m'appelles ?

— Euh... C'est vrai que c'est pas une heure pour appeler les gens, mais je voulais te demander... enfin... tu sais, on va peut-être aller à la manifestation parisienne, avec Joss'... Et on se demandait si ça te tentait une virée à Paris, samedi... Mais aussi, il y aura plein de gens du lycée, hein !

— Euh... Tu me prends un peu par surprise ! J'sais pas... Mais c'est quoi, cette manif' ?

— Eh... euh... Eh bien pour manifester contre la guerre en Irak !

— Attends... Je... Je n'y avais pas vraiment pensé... Mais ça dépend. Il y aurait qui ? Qui viendrait ?

— Ouais mais... en fait, j'ai pas encore prévenu tellement de gens, mais on sera nombreux, normalement. Tiens, j'ai déjà réussi à motiver Jocelyn, ce qui est quand même un exploit ! Donc je pense pouvoir en motiver d'autres !

— Bin, OK, donc... Jocelyn... ce sera cool de le voir en dehors du lycée... Moi, j'dis OK pour la virée, mais uniquement si on profite un peu de Paris en dehors de la manif'... Par contre, je suis pas pour y aller avec toute la classe... par exemple, si on pouvait éviter Justin, Violaine, ou même Sonia...

— Qu'est-ce que t'as contre Sonia ?

— Rien... J'la trouve casse-pieds...

— J'l'aime bien, moi..., rétorque Sebastian.

— Non, mais c'est bon... J'ai rien dit, voilà...Si ça se trouve, elle aura même pas envie de venir.

— Allez... Te prends pas la tête... Ah, ça fait plaisir que tu sois d'accord ! À demain !

— Tchao !

— Ouais... Tchao !, s'éteint Sebastian au bout du fil.

Dorothea passe par le salon pour saluer la famille et monte dans sa chambre. Elle se sent soudain stressée à l'idée de se trouver à Paris, avec Jocelyn, au milieu de nombreux camarades de classe. Elle emprunte un disque dans les étagères de son père. Elle le met en lecture : c'est la symphonie n° 3 de Gorecki, que son cousin Darius a étudiée au conservatoire, qu'il admire immodérément — une symphonie merveilleuse, simple et complexe à la fois dans son premier mouvement : un thème joué par des violons, organisé en couches décalées, en canons qui cherchent à atteindre une harmonie, qui l'atteignent à une acmé où elle éclate en plainte, où vient éclore la voix déchirante de la soprano Dawn Upshaw, avant de se désorganiser de nouveau, lentement, par décalages imperceptibles et expressifs ; *une symphonie fluide, en forme d'arche, avec une clé de voûte*, avait dit Darius, *et cette clé de voûte fragile, c'est une prière, une lamentation à la Vierge au sujet des morts dans les camps de concentration nazis ; on ne peut pas rester insensible devant cette grâce-là, qui est humaine, parce qu'elle cherche l'harmonie, parce qu'elle est pathétique, pas de grâce divine ! et pourtant à l'écoute de cette voix seule, c'est comme la présence de l'humanité tout autour, une humanité compatissante qui viendrait unir sa voix à celle de la soprano.*

Dorothea n'a plus qu'à se coucher pour sentir le calme s'emparer d'elle. Elle ressent profondément l'emphase que donne cette musique à tout sentiment ; elle voudrait pouvoir se blottir dans les bras de Jocelyn. Elle essaie d'imaginer comment il embrasse, comment sont ses cheveux sous la main, comment est sa peau.

À la fin du CD, elle n'a toujours pas trouvé le sommeil. Elle s'agace, s'en veut de se faire avoir par des séquences trop vagues. Et si Jocelyn n'a aucun intérêt pour elle ? Non, c'est idiot, il est forcément attiré, par amitié, au moins. Oui, mais si ce n'est que de l'amitié ?

Dorothea repense à Antoine, un ex avec qui elle est sortie l'année précédente, peu après Evren. Sacré Antoine, quand elle y repense un peu plus, en fait, c'était la honte de sortir avec un mec qui a une touche pareille, gothique jusqu'au bout des ongles. Bon, elle aussi est un peu goth, mais c'est vraiment léger, juste des petites touches de sombre fantaisie, pas une obsession de style.

Antoine, elle était persuadée qu'il était raide amoureux d'elle, et puis soudain, juste après le début de leur relation, il était devenu bizarre, distant, méprisant, comme si elle l'écoeurait. Il la repoussait, disant qu'ils auraient mieux fait de rester seulement copains. En réalité, il l'avait trompée, mais il avait presque l'air de s'en foutre. Il l'avait trompée avec Sonia.

Pourquoi ce sont les filles qui doivent se sentir coupables ? Et d'ailleurs, pourquoi en voulait-elle, finalement, à Sonia ?

En raccrochant le combiné, Sebastian avait fait quelques pas hésitants. C'est bizarre, se disait-il, cette aversion de Dorothea pour Sonia. Et puis elle n'avait pas trouvé de raison à lui donner. À croire qu'elle avait vu comment Sonia le draguait et qu'elle était jalouse...

Ça alors ! Et il n'était pas certain que ne serait-ce qu'une seule des deux veuille effectivement sortir avec lui...

En tout cas, il allait falloir jouer fin s'il ne voulait pas se griller un coup. Il repensa à l'attitude de Dorothea ces dernières semaines ; c'est vrai qu'elle devenait de plus en plus copine avec Jocelyn, et aussi avec lui. Peut-être que ses tentatives de rapprochement n'étaient pas tout à fait innocentes...

Il faut dire que Sebastian, tout comme sa sœur, présente un physique plutôt avenant ; il le sait bien. Il le voyait bien, dans le miroir de l'entrée, à côté du téléphone. Bon style, visage un peu hidalgo, longs cils sur un regard de braise...

Ouais, alors Dorothea... Pourquoi pas... Elle a un charme bluffant, avec ses cheveux courts, châtains avec des reflets rouge sombre, un nez fin avec un piercing discret, une petite bouche très tendre ; ouais ! Vraiment pas mal, cette fille... Mais Sonia... Elle a quand même des fesses superbes et une poitrine qui fait la différence songea-t-il aussitôt ; et son regard prit un air puissamment inspiré, son mandibule supérieur mordilla sa belle lèvre inférieure ; et croisant sa sœur dans le couloir, celle-ci lui demanda :

— Eh bien, mon Bastoune, t'as l'air préoccupé...

— Ah ! Non, c'est vraiment rien...

— C'est par rapport à Samedi ? Tu sais, je crois que je viendrai pas ; j'ai pas très envie de me retrouver avec tous tes copains, finalement...

— Oh... C'est dommage, Jocelyn était plutôt content que tu viennes...

— Ah bon ?... Hihi. Mais non quand même, merci... Je dois préparer mon histoire IEP.

— Bin tant pis alors...

Mais qu'est-ce qui m'a pris de lui dire que Jocelyn se réjouissait de la voir ?, maugréait en lui même Sebastian, *comme si je voulais que ces deux-là finissent par coucher ensemble...* Ah ! Quelle horreur ! Allez, n'importe quoi... Il est temps d'aller se coucher on dirait...

Sebastian se saisit de *Notre-Dame-de-Paris*, à son chevet, et le reprit au livre VII. Il s'arrêterait au début du livre suivant.

Solange, assise sur son lit, dos au mur et les pieds joints par leur plante, les mains autour de ses genoux, dégustait intérieurement les mots de son frère. Quel plaisir de savoir cela : Jocelyn n'avait pas été capable de retenir sa joie à l'idée de la voir... Elle se passa nonchalamment la main dans les cheveux.

Mais ! Pourquoi était-elle aussi émue pour une si petite conquête ? Un p'tit gars plus jeune qu'elle ! Il était mignon, mais ça ne valait vraiment pas la peine de s'exciter ! Elle tenta de faire refluer la tendresse qui montait en elle, au souvenir de la gêne de son frère lorsqu'il lui avait livré à contrecœur le sentiment de Jocelyn. Elle le savait, il ne fallait qu'un geste de sa part pour recevoir les caresses de ce charmant garçon aux allures de chat... Il y avait en elle deux forces délicieusement contraires. Voilà bien une chose que ses copines seraient incapables de comprendre ! Entre Mélanie qui parlait tout le temps mariage, richesses et villas en bord de mer, et Lisa qui n'était attirée que par les garçons sportifs... Peut-être que c'était précisément à cause des clichés ridicules que lui imposaient ses copines qu'elle se sentait si attirée par Jocelyn...

Elle sortit de sa chambre, un sentiment vague de culpabilité au cœur, et elle se planta devant la télé qui se chargea de lui disloquer ses pensées dans une nébuleuse de sensibleries. Zapping jusqu'à pas d'heure. Jusque dans son cœur : vers deux heures du matin, Solange tenta de se tirer de sa toquade invraisemblable, elle se mit à penser à Sylvain, un joli gars de sa classe prépa, un amant beaucoup plus acceptable. Mais, par éclats fugaces, la voix et l'image de Jocelyn lui revenaient. Cela parasitait son cerveau, c'était excitant et frustrant à la fois. Elle en avait l'eau à la bouche, et l'instant d'après ses nerfs étaient parcourus d'une douloureuse exaspération.

Le matin du samedi 22 mars, les quais de la gare d'Orléans étaient bondés de jeunes : des jeunes apolitiques qui gueulaient joyeusement en se chamaillant, taquinant les filles et s'agitant en tous sens, des jeunes anarchistes qui arboraient fièrement toutes sortes de signes distinctifs — des pin's du Che et des Sex

Pistols, des drapeaux rouges et noirs, des mines pâles et des sourcils ténébreux —, des étudiants de droite, dont certains poussaient le vice du stéréotype à porter le *barbour* et l'écharpe beige à motif jacquard, des étudiants de gauche qui se mêlaient habilement aux apolitiques, des jeunes maghrébins portant le keffieh... Tous ces jeunes se méprisaient d'ordinaire, mais aujourd'hui foin des querelles passées ! Ils se préparaient en commun à la manifestation de l'année, la plus passionnée depuis celle de la présidentielle de 2002 et du second tour Le Pen/Chirac ; tous ensemble contre l'ingérence des Américains !

Face à l'affluence monstre dans les wagons, le groupe constitué par Sebastian n'allait pas pouvoir faire le voyage ensemble.

— Bon ! On se retrouve tous au Jardin des Plantes !, lança Justin, que son bandeau à la mâchoire n'empêchait certes pas de crier et de prendre la direction des évènements.

— C'est dommage que ma sœur n'aie pas pu venir, tu trouves pas ?, confia Sebastian à Jocelyn tout en montant dans le train

— Hon, hon... fit mollement Jocelyn.

— Viens, on va essayer de s'installer dans un compartiment avec des filles.

— J'te suis !

Par chance, il ne leur fallut pas longtemps pour trouver :

— Hé ! Dorothea ! Ça te dérange si on prend les deux dernières places, Jocelyn et moi ?

— Non, c'est bon, dit timidement Dorothea.

— Oh ! Tiens ? Salut vous !, fit Sebastian à l'adresse de Delphine, de Florence et de Christophe, d'autres camarades de classe déjà installés.

— Hé, Florence, tu es du voyage finalement ! Cool !, lança Jocelyn.

— Vous avez vu Evren ?, fit Christophe. Hier, il ne savait pas encore s'il viendrait...

— Pas vu, répondit Sebastian.

Le dernier passager, appuyé contre la fenêtre, était un type de plus de vingt ans. Il avait un air louche et ses cheveux huileux poissaient contre la vitre ; il compulsait un énorme classeur où étaient rangées dans des pochettes transparentes des cartes à jouer figurant des monstres, des personnages musclés en slip, des femmes en robes virevoltantes et des effets magiques abstraits ; personne ne semblait le connaître.

Sebastian était trop excité par l'aventure pour laisser ce brave garçon en dehors de tout ça :

— Et toi ? Je suppose que tu ne vas pas manifester avec ton classeur de cartes *Magicos* !

— Mais je vous en pose, à vous, des questions ?, répondit du tac au tac le singulier personnage avec une voix nasale particulièrement déplaisante.

— Oah... C'est bon... On peut rigoler...

Sebastian était toujours un peu gêné par ce genre de mecs pas nets : pour plomber l'ambiance, ils n'avaient pas leur pareil.

Le train s'ébranla.

Sonia, qui avait suivi Sebastian en douce, vint prendre la dernière place du compartiment. Le visage de Dorothea, souriant un instant auparavant, se ferma aussitôt sous l'action d'un mystérieux ressentiment.

Tout le monde commença à regarder le paysage ou le bout de ses pieds, dans un silence alourdi par le bruit du train.

C'était sans compter sur Sebastian qui espérait bien en imposer ce week-end auprès de Dorothea ou de Sonia. Il remit le couvert avec le pauvre bougre inconnu :

— Bon, si j'ai bien compris, tu vas à une assemblée de *Magicos* ! Mais rassure-moi quand même, vous parlez quand même pas que du monde magique de *Magicos* ? Oh là là... Mais sinon... Ça doit être terrible s'il y a plein de types cheulous comme toi ! — Sebastian enrageait qu'il suffise d'une seule personne pour causer une gêne pareille chez ses amis.

— Je vois clair dans votre jeu. Vous aurez beau faire, je ne quitterai pas ce compartiment, s'énerva l'individu, rajustant ses lunettes au cerclage argenté démesuré, puis tirant sur les poils de son menton. Ne m'adressez plus la parole ; je sais très bien que j'ennuie facilement les gens ; vous pouvez aussi bien m'oublier... Je suis dans mon coin, je suis à ma fenêtre ; voilà, j'embête personne !

— Mais tu peux quand même faire l'effort de pas faire la gueule !... commença Sebastian.

— Merde !, fit Sonia, laisse-le tranquille Sebastian ! On le connaît pas ! Rrrrh ! On n'est pas là pour se prendre la tête !

— Mais..., repartait déjà Sebastian.

Jocelyn posa une main sur l'épaule de son ami. Sebastian bouillait intérieurement. La tête sinistre du larron ne lui revenait vraiment pas, et ses fringues ! — des vieilles baskets puantes, un pantalon violacé en velours trop court qui laissait voir des chaussettes aux couleurs du PSG, une chemise vert sombre à gros carreaux que recouvrait mal un pull beige aux mailles détendues ; et à cause de lui, il s'était montré violent devant Sonia et Dorothea, putain ! Ce mec était vraiment un sale casseur de coup !

Christophe, à la fenêtre, face au type, ne bronchait pas. Il arborait même une forme de sourire énigmatique. Dans sa tête, il riait beaucoup ; celui-là, en général, préférait observer les autres plutôt que prendre part aux différentes passions de l'adolescence...

Alors, ils tentèrent tous d'oublier le jeune homme dont ils ne savaient pas qu'il s'appelait Henri-Christian Darmule, qu'il était en licence de lettres modernes à la faculté d'Orléans, qu'il n'avait pour amis que certains joueurs de *Magicos*, ceux qui pouvaient encore supporter la seule conversation qu'il était capable d'épurer de son ton geignard, quoiqu'elle ne fusse pas encore exempte de plaintes.

Nos amis ignoraient la vie austère d'Henri-Christian Darmule qui se maudissait de n'avoir jamais su parler à une fille, qui se faisait une montagne de sentiments criminels dès qu'il admirait en cachette une forme féminine ; Henri-Christian dont le seul émoi sexuel qu'il eût partagé, avait été un frottement de corps sous les draps de sa chambre avec Brice Poulignault, en 4ᵉ, lequel n'avait plus voulu lui parler par la suite... Et je me demande quelle aurait été leur réaction s'ils avaient su tout cela ; auraient-ils été compatissants ? ou définitivement dégoûtés ? auraient-ils cherché à comprendre cette âme lourde, ce cœur en peine ? *Pourquoi ne puis-je pas être quelqu'un de normal ?*, songeait en lui-même Henri-Christian. *Oh ! Dieu cruel... Tu m'as fait laid et sans qualités. Ceux-là sont plus jeunes que moi et ils se moquent de moi... Ces filles sont jolies, et je voudrais leur cracher dessus !* Et regardant les filles à la dérobée, caché derrière son classeur, son esprit commença à se calmer en imaginant quelques humiliations sexuelles.

— Tu lis quoi en ce moment, Sebastian ?, demanda Sonia qui savait comment lui faire oublier les soucis présents.
— Je lis *Notre-Dame de Paris.*
— Aah... Je l'ai lu !, répartit-elle. J'ai vraiment pas trop aimé.
— Comment ça ? T'aimes pas Victor Hugo ?
— C'est pas tout à fait ça. En fait, je supporte pas la bêtise d'Esmeralda... Elle passe vraiment pour une conne.
— Ah bon ?, fit Florence. Moi je connais que les adaptations... Faudrait peut-être que je le lise...
— Bon, et sinon ? Ce CD que j't'ai prêté ?, demandait de son côté Dorothea à Jocelyn.
— Ouais ! C'est une perle ! Je peux te dire que je l'ai pas mal écouté hier. C'est clair que si tu as d'autres albums de cette qualité, je veux bien les écouter...

— De quoi ?, se mêla Sebastian, interrompant brutalement sa conversation avec Sonia, tu lui as prêté des CDs, Dorothea ? Et à moi, tu m'en prêteras ?

— Je ne sais pas... Ça dépend si tu es prêt à quelques échanges... Ça dépendra aussi de ce que tu me proposeras.

— Je peux te proposer mon corps en bonus !, émit malicieusement Sebastian.

— Oh là là qu'il est lourd !, s'exclama Sonia, un brin jalouse malgré tout.

— Sacré toi..., fit Dorothea en tapotant la cuisse de Sebastian.

Celui-ci s'enflamma aussitôt intérieurement. *Hoho*, elle se défendait trop peu pour ne pas être intéressée ! Et que dire de ces tapes sur la cuisse ? Ça pouvait être une forme d'avance ! *Héhéhé...*

De son côté, Henri-Christian était scandalisé par les manières de Sebastian. Ce n'est pas ainsi qu'on traite les dames ! Il faut de la déférence... *Auriez-vous l'amabilité de prendre mon modeste corps en addition de mes disques, ah... j'en serais ébaudi... chère demoiselle,* voilà ! songea-t-il, non sans humour. Quelque chose de vraiment chevaleresque, enfin ! Et puis après, lui carrer sa b...

Il s'agita frénétiquement pour se caler dans son siège, comme sous l'action d'une horde de fourmis à l'assaut de son corps. Tout le monde se retourna vers lui, le visage interrogateur et méfiant.

— C'est rien ! dit-il, juste un frisson !

Et il rougit en rajustant ses lunettes. Sur ce, il éternua un grand coup, peut-être pour prouver qu'il avait froid.

Jocelyn tenta de reprendre la conversation, s'adressant à Dorothea :

— En tout cas, moi, je peux te prêter vraiment plein de trucs sympas. Et même en musique *indé* si tu veux, j'ai des disques de L'Altra, de Silver Mount Zion, de Labradford.

— Et moi, j'ai les Tinderstticks..., dit Dorothea.

— Mouais, bof... Très peu pour moi, fit Sebastian comme si on lui demandait son avis. Je préfère des trucs moins mous...
— Par exemple Aïrone Maydeune ?, fit Florence.
— Oh..., fit Jocelyn, ouais euh...
— C'est pas mal, non ?
— Oh, c'est pas ce que je préfère, dit mollement Jocelyn.
— Quand même... Moi j'aime bien ces trucs : Sick of it all, Korn, Blink 182..., insista Florence.
— Ouais non, désolé Flo, c'est vraiment de la merde, intervint Christophe, pour qui les groupes énumérés évoquaient les supplices musicaux que lui infligeait son frère.
— Eh bien chacun ses goûts de merde, alors, intervint Henri-Christian, vexé que des jeunes se permettent de médire sur ces groupes fabuleux.

Les lunettes du jeune homme renvoyèrent un reflet du paysage, l'occultant tout entier derrière leurs deux petits miroirs.
— Enfin... n'empêche, Iron Maiden, ils ne chantent pas n'importe quoi..., tenta Florence, rouge pivoine. Par exemple, ils ont fait une chanson sur un poème de Coleridge, ou alors c'était Tennyson ? *Rime of the Ancient Mariner...*

Elle se justifiait, et elle n'aimait pas faire ça. Elle sentait bien qu'elle rougissait. Mais c'était à cause de l'autre, là... En plus, il était en train de la mettre dans le même sac de geek que lui...
— Ouah, Florence ! Quelle culture !, s'étonna Dorothea.

Henri-Christian avait ressenti un grand émoi à entendre les répliques cultivées de Florence, prononcées avec tant de chaleur. Il aurait voulu la réconforter de son humiliation mais déjà la conversation avait repris, et personne ne semblait se préoccuper de lui...

Il lui dit, en aparté :
— Ne vous laissez pas dicter vos goûts par les autres, hein...

Sebastian ricana. Florence rougit davantage, d'embarras.

Henri-Christian avait vu s'enflammer le visage de Florence. Il grava en lui-même ce prénom « Florence », prononcé par l'autre fille. Un visage plein, une bouche timide ébauchaient les traits les plus remarquables d'une beauté presque mystérieuse. Et des yeux verts, qui contrastaient avec le rouge des joues ! Des cheveux clairs ! Son corps était moins remarquable, charmant, mais manquant de poitrine. S'il la comparaît à Delphine ou Sonia, notre étonnant compagnon était presque déçu.

La déception mammaire passée, il commença à guetter le regard de Florence, comme pourrait le faire... je ne sais pas... un brave chien. Elle souriait gentiment, d'un sourire gêné ; la rougeur s'estompait. Le regard du jeune homme l'agaçait, maintenant. Henri-Christian ne savait pas s'il devait adorer ou haïr ce sourire embarrassé.

À tout prendre il choisit de l'adorer. Le soleil faisait maintenant chatoyer les cheveux de la belle ; elle regardait le sol dans une attitude sereine de méditation. Dans son sac à dos, le brave garçon avait emporté un appareil photo numérique pour immortaliser la rencontre de quelques maîtres de cartes *Magicos* ; soudain, comme sous l'emprise d'une force étrange qui le dépassait, il tira du sac la boîte à images et captura Florence dans le piège de sa carte mémoire, sous les yeux effarés des autres voyageurs.

— Mais, mais, mais... Qu'est-ce qu'il fait ?, bégaya Sebastian. T'es malade ou quoi ?!

— J'essayais juste de voir si mon appareil marchait, tenta d'expliquer Henri-Christian de sa voix de nez que nous commençons à lui connaître.

— Ouais, bien sûr !, dit Delphine, j'y crois pas, le type !

— Eh mais t'es un grand malade ! Faut te faire soigner !, beugla Sebastian.

— Je vous dis que je ne l'ai pas prise en photo, dit platement l'accusé en rangeant l'appareil au plus profond de son sac, le recouvrant avec son énorme classeur.

— Mais Florence ! Mais tu vas pas te laisser faire ! Demande-lui d'effacer la photo à ce type !, cria Delphine.

Florence avait les joues en feu. Elle suffoquait. Elle qui avait tant de mal avec son image !

— Vous feriez mieux d'effacer la photo et, comme ça, on oublierait toute l'histoire, dit tranquillement Jocelyn en se levant.

Il se pencha vers l'impudent avec des gestes mesurés, approcha sa main de l'énorme sac à dos. Le type bondit, repoussa Jocelyn en arrière qui vint s'écraser sur Dorothea. Avec une agilité insoupçonnée, Henri-Christian franchit les jambes, évita les bras, et s'échappa dans le couloir. Il courut à en perdre haleine vers l'arrière du wagon ; ses bras moulinaient autour de lui des gestes de défense absurdes. Sebastian le poursuivait en marchant à longues enjambées. Le fuyard franchit péniblement le sas de séparation des wagons, son poursuivant arrivait sur ses talons.

Soudain, un homme massif sortit des toilettes entre eux. Sebastian eut une brusque frayeur : Tariq, le terrible dealer de La Source !

— Ho doucement ! Kess ki ya ?, siffla Tariq entre ses dents, barrant le passage à Sebastian.

— Euh, rien du tout, les toilettes... euh..., dit piteusement le jeune garçon.

Ne pensant qu'à retourner sain et sauf à son compartiment, il se défila et ne vit pas le drame qui se déroulait derrière la silhouette de Tariq :

Henri-Christian, dans sa précipitation, avait percuté dans l'allée centrale Ange-Marie, un monstrueux caïd au crâne rasé. Dans la bousculade, un sachet de petites gélules colorées était tombé des mains du colosse.

— Hé ! Mon sachet !

— T'as qu'à pas laisser traîner ta came, connard !, avait sifflé Henri-Christian.

— Hoouuu... suicidaire..., firent les membres de la terrible bande de Tariq et d'Ange-Marie.

*

Henri-Christian, tout endolori, laissait le métro de la ligne 10 l'entraîner dans un dédale souterrain plein de bruit et de visages. Il changerait à Sèvres-Babylone pour prendre la 12 en direction de Mairie d'Issy, il descendrait à Porte de Versailles. C'était l'itinéraire direct pour se rendre à sa convention.

Son ventre, en plusieurs endroits, et sa tempe lui faisaient un mal diffus ; la douleur des coups de poing se diffusait comme un engourdissement ; cette souffrance avait quelque chose d'apaisant.

Un rictus se forma sur ses lèvres desséchées qui se déchirèrent en surface. Henri-Christian sortit un stick gras de sa poche et s'en humecta la bouche. Après tout, il avait réussi à capter l'image de Florence. Un coup d'œil à l'écran de son appareil numérique lui rappela combien elle était belle, cette fille... Il s'était fait battre pour elle par la plus massive des brutes. Calmement, il amalgamait l'image du grand type qui l'avait si méchamment frappé à tous les moqueurs qu'il pouvait trouver autour de lui. Il pensa presque à voix haute : *Allez-y... Moquez-vous... Vous pouvez même me frapper. Rien ne m'atteindra.*

Après quelques minutes délicieuses d'inertie mentale, il se décida à écouter son lecteur MP3. Il avait numérisé l'intégrale de Beethoven. Les violoncelles, en longs accords majeurs, lui provoquaient des frissons incroyables dans le dos, ce qui le faisait trembler comme un possédé, à la plus grande surprise d'un jeune et placide maghrébin assis sur le strapontin adjacent. Celui-ci se tourna vers notre bonhomme :
—Hé ! Ça va ? Vous n'êtes pas malade, dites ?, demanda-t-il, charitablement et un peu inquiet.

Notre débonnaire héros n'avait rien compris à la pantomime de son voisin dont les paroles avaient été couvertes par la musique ; il fronça les sourcils et dit posément :

— Je fais ce que je veux, monsieur.

Puis il se dit avec effroi que ce garçon était peut-être aussi susceptible que le type du train :

— Je suis vraiment désolé de m'être emporté, murmura-t-il.

Une terreur panique prenait peu à peu possession de lui. Ses mains tremblaient, sans possibilité de se calmer. Il rassembla précipitamment ses affaires, soulagé que le train entre déjà dans la station Sèvres-Babylone.

Mais lorsqu'il se leva, son lourd sac à dos bouscula le voisin, et une boucle de tissu raboteux érafla la joue gauche du pauvre homme qui se mit à saigner. Henri-Christian se retourna, horrifié, livide comme un merlu cru ; et il disparut en courant dans le couloir de la correspondance.

Ahmed Bounif regardait le sang qui gouttait dans sa main avec un effarement sans limites. Il cherchait toujours, un peu malgré lui, des causes divines à ce qui nous arrive sur terre. Il avait voulu se montrer digne de Dieu qui instille tant de merveilles dans le monde, il avait tourné un visage plein de bonté vers une pauvre créature d'Allah, et le sort lui griffait le visage ! Il arrive que la foi la plus inébranlable vacille sur de telles futilités. L'incrédule leva alors les yeux de ses mains ensanglantées ; une jolie noire s'approchait avec un mouchoir, le regardait avec une complicité tendre : Dieu est grand ! tonitrua le sang d'Ahmed dans tout son corps.

Henri-Christian errait maintenant dans l'immense complexe du parc des expositions, dans des vastes couloirs gris et blanc, à la recherche de la salle Jean Carmet. Là-bas se tenait la convention des joueurs de cartes *Magicos, la flambée* ; là-bas l'attendait pour le défier Hubert Valardets, le maître incontesté des cartes *Magicos* ; là-bas, il y aurait l'inventeur du jeu et le maître des règles de *Magicos*, l'auguste Charles Vanini, l'homme descendu des nuées pour donner au monde incrédule la fièvre de posséder et de collectionner les précieux auxiliaires du pouvoir — le gardien de l'alchimie du jeu.

Le joueur de *flambée* ne savait pas où il fallait aller. De temps à autre, une pancarte figurant une mandragore à dents pointues lui indiquait qu'il était sur la bonne piste. En fin de compte, il n'y avait pas à se poser de questions, son flair le conduisait droit à l'Eldorado. Ses mains frémissaient, son cœur battait à tout rompre d'excitation.

C'était la première fois que le créateur de jeux et écrivain Charles Vanini venait assister à une convention autour de son jeu *Magicos*.

Henri-Christian avait lu tous ses derniers romans.

La plupart de ces romans relataient les aventures d'adolescents dans des mondes fantastiques. Ses personnages n'étaient pas des héros, c'étaient des humains aux prises avec des situations terribles, inimaginables. Son écriture était vive, mais aussi sensuelle ; elle donnait un tour très poétique et alerte aux récits d'*heroic fantasy*.

Bien sûr, quand il avait appris que le créateur de *Magicos* était un écrivain renommé, il avait été sceptique...

Mais en s'intéressant aux livres du créateur de son jeu favori, ce jeune étudiant en lettres n'avait pas seulement trouvé un « grand horticulteur », architecte de systèmes fascinants, il avait aussi trouvé un dieu capable de lui imposer des émotions jusque là muettes en lui. Et il allait voir cet homme !

La salle Jean Carmet était de modestes dimensions. Elle pouvait accueillir trois cent personnes. Pour la convention *Magicos, la flambée*, les organisateurs avaient recouvert les murs de tissu gris foncé. Au plafond, des lumières orangées diffusaient une clarté chaude, et sur les longues et étroites tables où pouvaient s'asseoir face à face les duellistes, on avait disposé des lampes de bureau vertes. Sur un panneau latéral, on pouvait lire le programme des conférences dans la petite salle Robert Hossein : *10 H – 12 H 30, Tactiques avancées de la Flambée ; 14 H – 15 H, les artistes derrière les cartes ; 16 H – 17 H, entretien avec Charles Vanini.*

Henri-Christian déboursa les cinq euros d'admission puis, inspectant avec componction la présentation du salon, se déclara intérieurement satisfait. Il fit quelques tours de salle très dignes, mais son visage laissait peu à peu la béatitude s'emparer de chaque muscle, à mesure qu'il remarquait les champions, les challengers valeureux et les morveux à plumer...

Il se fit aborder par un adolescent qu'il connaissait de la convention précédente :

— Hé, on s'est déjà vus ! C'est cool de voir un visage connu. Par contre, je me souviens plus de ton nom... On avait fait une bonne partie l'année dernière...

— Oui ça... Et j'ai une petite revanche à prendre, dit Henri-Christian avec un tremblement dans sa voix de nez.

Ils s'installèrent au poste de duel n° 65 — F (6ᵉ lettre de l'alphabet) et E (la 5e) pensa Henri-Christian, comme la première et la dernière lettre du prénom fétiche !

Là, ils consultèrent chacun les possessions de l'autre, compulsant le classeur de l'adversaire ; leurs doigts vibrèrent à la vue de quelques raretés ; mais très vite les compétiteurs recomposèrent un visage parfait d'impassibilité.

— Comme c'est toi qui as perdu la dernière fois, je te laisse choisir les règles et les enjeux, dit l'adolescent, beau joueur.

— Bien... Alors on fait simple : une partie éclair en deux rounds gagnants ; un *deck* de douze cartes, pour une valeur de trente points d'*Orgone* maxi (chaque carte coûtait un certain nombre de « points d'Orgone » en fonction de sa puissance...)

Henri-Christian se souvenait très bien de la technique de prudence de ce petit blondinet. En ce moment, il se sentait parfaitement serein ; la douleur s'estompant au creux du ventre lui faisait ressentir une impression de supériorité sur toute chose ; et il savait que cet Aymeric qu'il avait pour adversaire avait d'excellentes qualités de logique mathématique, mais qu'il manquait d'imagination, et qu'il agirait selon une tactique prudente, basée sur la comptabilité...

À cet instant exact, Henri-Christian se sentit capable de contrôler parfaitement son adversaire, une puissante inspiration le possédait.

III

Au bord de la foule piétinant sur place, un militant d'Alternative Libertaire portait toutes sortes de pancartes, et une banderole indocile, mal pliée, pendait dans ses jambes manquant de le faire trébucher à tout instant ; la manifestation allait bientôt commencer !

De loin, Sebastian et ses amis se moquaient du pauvre étudiant qui se démenait pour transporter le matériel jusqu'à ses camarades. Ceux-ci le regardaient distraitement et ne pensaient pas à venir l'aider...

Sur une marche, Jocelyn montrait à Dorothea son petit classeur de citations dans lequel il avait commencé à inviter pléthore d'auteurs. Il avait procédé en séparant plusieurs thèmes : le langage (où il rangeait les citations sur la littérature), l'humanité, l'amitié, la guerre, l'amour, le temps, la musique, l'ennui... Il avoua qu'il ne cessait d'ajouter des intercalaires ; puis il remarqua de lui-même, un peu gêné, que le fait de tenir à jour un classeur n'était pas sans rappeler la marotte du type bizarre du train.

Dorothea, sans le dire, trouvait assez touchante la maladresse de Jocelyn, qui perdait beaucoup d'énergie à s'excuser de cultiver sa pensée.

Le militant d'A.L. avait maintenant dépassé les marches où s'installait cette séduction incertaine. En traversant la route, il allait immanquablement se faire écrabouiller par un car de CRS qu'il n'avait pas remarqué à cause du fatras qui lui encombrait la vue...

— Oh putain ! Il va...

Jocelyn bondit ! Il fondit à la vitesse d'un super-héros sur l'immense type dégingandé qui vacillait lourdement sous

59

l'empilement de messages anti-Bush et heureusement ! pour l'infortuné qui chuta sur le côté en hurlant... Les pancartes tombèrent sous les roues du fourgon grillagé, éclatèrent dans un bruit menaçant, et la banderole s'éleva, couvrant le fourgon des cavaliers de l'ordre du message terrible : « **Ça va être une busherie !** »

Jocelyn se retourna vers Dorothea, le regard alternant entre le beau visage ému et ses citations éparpillées par terre, tout un classement à refaire ! Il éclata de rire.

*

Mais nous voici de nouveau autour de la table de duel n°65. Nous passerons rapidement sur toutes les stratégies de bluff que les adversaires ont déployé pour ne pas trop dévoiler leur jeu. Pour résumer le duel, Henri-Christian triompha grâce à une parfaite gestion des cinq éléments et une stratégie originale d'attaques divines et de défenses maléfiques.

Au fil du duel, le visage d'Aymeric se décomposait tandis que celui d'Henri-Christian gagnait en couleurs

Lorsque Henri-Christian vit la délicate frimousse d'une enchanteresse d'éther particulièrement rare se découvrir sur la table tendue de feutre, il en eut les larmes aux yeux : son stratagème avait fonctionné au-delà de toute espérance ! Et il allait récolter une merveilleuse récompense en la personne de cette jolie carte ! Il abattit sentencieusement une carte de Trou noir. Le regard d'Aymeric se troubla de désespoir. La belle enchanteresse fut engloutie.

— Mmmmh... *Good game*..., grommela Aymeric. Tu m'as complètement laminé.

— Héhé... Tu es vraiment tombé dans mon piège...

— Ouais, héhé, je suis dégoûté... Tu as été très très fort, et tu m'as appris deux-trois trucs, merci. Maintenant, je vais aller me trouver un plus petit poisson...

Beau joueur, il laissa son enchanteresse sur la table et lâcha même à son adversaire aux étranges lunettes métalliques un sourire empreint de respect.

Plus tard, toujours à la même place n°65, Henri-Christian commençait une entreprise prospère de conquêtes et de victoires magistrales, soumettant tour à tour les valeureux compétiteurs, et si ce n'était par la ruse, il le faisait par la chance la plus insolente. Son corps prenait au fil des parties un port noble et hautain, son regard se faisait plus direct, son visage trouvait tout entier une forme d'assurance : jamais il n'avait été aussi bon.

Mais il était déjà quinze heures et il n'avait toujours pas mangé. Hum, il allait falloir quitter la place fétiche pour se nourrir... L'estomac lui grognait des imprécations sans fin : « tout pour la tripe ! », il lançait parfois des trilles qui arrondissaient les yeux de son adversaire.

« Tout pour la tripe ! tout pour la tripe ! »

Il faillit perdre une partie.

Sa *circulation d'orgone* était troublée, décidément, il fallait faire quelque chose pour ce brave estomac... Il laissa un petit écriteau « réservé » sur sa table au numéro fétiche et se dirigea à pas pressés vers le snack. Il fallait optimiser le temps ; il faudrait d'ailleurs faire attention à ne pas se laisser entraîner par le jeu, il n'était pas question de manquer la conférence de Charles Vanini...

Quinze heures, donc... Nous retrouvons Jocelyn et ses copains sur la place de la Bastille dans une marée humaine outrée.

Sebastian s'était rapproché de Dorothea et il la regardait souvent assez directement, fouillant ainsi ses pensées pour deviner ce qui s'y tramait. Pris dans le mouvement de la foule, et dans un élan de camaraderie, il se trouva le bras autour des épaules de Dorothea, laquelle invita alors Jocelyn à venir de l'autre côté.

Sebastian tressaillit au contact du bras de son ami. *Bah... Après tout, si elle fait cela, c'est certainement par une gêne qui n'exclut pas le sentiment amoureux...*

Il tenta un regard pénétrant mais elle n'avait rien vu, semblait-t-il et elle s'était de nouveau engagée dans une discussion interminable avec Jocelyn. Elle le faisait peut-être exprès ! Pour le faire rager ! C'était étrange, tout de même, cette complicité avec Jocelyn... Peut-être qu'ils parlaient de lui ? Mais comment entendre dans ce vacarme, parmi les slogans et les cornes de brume à gaz.

Après un temps, Sebastian ressentit une terrible envie d'en avoir le cœur net, de demander un peu d'explications sur ses chances de conquérir le cœur de Dorothea. Il se mit à attendre patiemment une pause dans la conversation de ses amis, en criant quelques slogans marrants de son côté, avec des bouffées d'indignation face à la situation mondiale, en repoussant parfois avec agacement la foule qui s'agglutinait — puis s'apitoyant sur son cas, son dilemme, se préoccupant de sa situation amoureuse complexe. Et maintenant, de surcroît à son irritation, on faisait du surplace, on piétinait, ce qui endolorissait les pieds ; la rumeur disait que les organisateurs se disputaient sur le choix de l'itinéraire, que la manifestation allait peut-être se disperser...

Florence, de son côté, essayait en vain de joindre son cousin Antoine, mais rien à faire, il avait débranché son portable.

Le répondeur faisait, avec une voix trafiquée précédée par un hululement de fantôme :

— Ouououhh… huououhhh… Bonsoi*hâr*, vous ête*uh* z'aux portes de l'an*hant*re téléphoniqu*euh* d'Antharax le mau*haudihit*… Si vous voulez cracher quelques mots misérables mortels (je ne saurais dire où il plaçait la ponctuation dans sa phrase vaguement amphibologique) vous pouvez z'attendr*rre* sagement le couper*rret* sôn*ôrrre*…

Florence rouspéta. Jocelyn se tourna vers elle, abandonnant l'étreinte de Dorothea pour s'inquiéter de ce qui n'allait pas, mais ce n'était rien, juste un cousin qui n'est pas joignable quand on voudrait le voir… Sonia et Florence se lancèrent dans une diatribe contre ce type : Antoine.

Ce fut le moment que choisit Sebastian pour sauter sur Jocelyn en le prenant à part :

— De quoi vous parliez, Dorothea et toi ? De moi ?

— Non… Je ne vois pas pourquoi on parlerait de toi… Qu'est-ce qui te prend ?

— Non, rien… Excuse-moi, je croyais…

— T'es parano ou quoi ?

— Non, pas du tout. J'te rassure…

— Non, on parlait des manifs de l'année dernière. Et on disait qu'on devrait sortir plus souvent ensemble…

— Ça, je suis d'accord avec vous, fit Sebastian.

— Ah ? Et tu crois que Dorothea et moi, ça pourrait marcher ?, demanda Jocelyn qui avait compris de travers l'enthousiasme et les cachotteries de son copain.

— … … Euh. … Euh… Je n'sais pas. J'voudrais pas te décourager…

— Pfff… Tu sais… — Jocelyn se racla la gorge en signe de contrariété — J'ai pas l'impression que tu te rends bien compte de ce qui s'passe entre Dorothea et moi…

— … … T'as peut-être raison.

Sebastian fronça les sourcils.

Non, il ne croyait pas du tout à l'attirance de Dorothea pour Jocelyn. Sinon il l'aurait remarqué ! Elle se comportait avec Jocelyn comme avec un bon copain, voilà tout ; elle était par contre plus violente, plus passionnée avec Sebastian... L'amour, ce n'est pas du copinage et puis voilà ! C'est quelque chose de dense, de spontané, c'est du désir, de la lutte contre le désir qui met en rage ! Exactement ! C'est pas des mots doucets pendant des heures, c'est pas des échanges de disques à l'envi qui te feront avancer dans le cœur de la belle, mon compère !

En même temps, de savoir que Jocelyn était amoureux de Dorothea donnait des scrupules à Sebastian. Il s'en voudrait d'être la source du désespoir de son ami. Il songea aussi qu'après tout, il pouvait déjà essayer de séduire Sonia, qui avait l'air plus directe en amour, et avec laquelle il serait plus vite fixé. Et puis... selon lui, l'amitié est plus importante que l'amour ; il ne pourrait quand même pas briser une si belle amitié pour une histoire de cul ! (Afin que le lecteur cerne plus facilement une belle différence de principes qu'on peut trouver entre ces deux copains : pour sa part, Jocelyn aurait pris le risque d'écorner son amitié, et il n'aurait pas eu recours à l'expression « histoire de cul ».)

Mais je sens que le lecteur se désintéresse de cette histoire d'amours balbutiantes et qu'il se demande ce qu'il advient d'Henri-Christian et de son jeu si passionnant !

Figurez-vous que lorsqu'Henri-Christian eut englouti un sandwich brie-salami et une barquette de frites molles, et qu'il revint à la table fétiche n°65, son écriteau avait été balayé du champ de bataille. Deux grands types, l'un aux cheveux courts et clairs, l'autre à la longue chevelure noire tressée, à l'allure quasi mystique, y bataillaient rageusement, avec des défis chuchotés, des intimidations susurrées, des transports chevrotés... Leur regard allait successivement de leur jeu aux yeux de l'adversaire où il allait percer la cornée, puis s'enfoncer dans l'humeur vitrée comme une fusée, pour y arracher l'énigme de la puissance ennemie.

Sous le coude du garçon gothique, la petite feuille blanche tentait de dire : « réservé par Henri-Christian ».

— Et pourquoi ces messieurs ont-ils pris ma place ?, fit Henri-Christian de sa voix nasale, dans le large dos du sire noir.

Aucune des forces en présence ne démobilisa son attention du combat qui concentrait peut-être l'avenir du monde, incertain, entre la lumière et les ténèbres : "Fomtyr le pur" affrontait "Antharax le maudit" ; en somme, un "vénérable" défiait un "chaotique". L'un usait des créatures nobles, des monstres à l'âme pure et des sorts de magie blanche, l'autre préférait enrôler des monstres obscurs, sales, élevés dans la vase fuligineuse de sordides marais, des êtres décomposés ou des esprits maléfiques.

Mais cette lutte entre la lumière et les ténèbres importait peu à Henri-Christian qui crut bon d'ajouter de sa voix la plus horripilante :

— Messieurs les voleurs de place, vous êtes deux sales connards et... et je vous chie dessus !

— Oh, ta gueule..., fit un des spectateurs.

Il semblait que les duellistes ne l'avaient toujours pas entendu...

Henri-Christian hurla d'une voix striduleuse :

— Mais... Mais bande d'enfoirés ! C'est ma place !

Tout le monde se tourna vers l'événement, à la fois amusé et avide d'affrontement violent. Car croyez-vous sérieusement que lorsque certaines de ces personnes de l'assistance jouent aux simulations de tuerie sur leurs ordinateurs, ils calment la pulsion prédatrice et charognarde qui gigote dans leur poitrine ? Bien sûr que non !

Les pires hyènes s'étaient approchées...

Le courroux déformait le visage d'Henri-Christian ; ses sourcils se tordaient comme deux nuages d'orage roulant contre l'île de son nez.

— Putain ! Rendez-moi ma place !, rugit-il, tel un forban enragé.

Mais les deux avatars du bien et du mal étaient absorbés par le jeu. Ils ferraillaient sans trêve, loin, très loin de leur carcasse matérielle, et rien ne semblait les tirer de l'affrontement divin qui les opposait.

Notre infortuné héros passa la main sous le bras du maître des ténèbres, et tenta de récupérer son petit écriteau afin de l'agiter comme preuve sous les yeux des usurpateurs de place. Sans prévenir, le lourd poing du maléfique sire s'abattit sur sa main, l'écrasant violemment dans un craquement sinistre. Henri-Christian roula des yeux en retirant sa main, sa pauvre main meurtrie, défoncée, mutilée. Et l'on n'entendait pas le cri de cette victime tragique dans la rumeur de la grande salle bondée, un petit cri, qui crissait dans sa gorge avec un bruit de fuite de gaz. Ce cri s'interrompit lorsqu'il porta sa main blessée à sa bouche, pour l'humecter, l'échauffer, la soulager, lui prodiguer toutes les douceurs de la salive et la masser de la langue.

Après quelques minutes où, le poing dans la bouche comme une statue grotesque, il s'était appliqué à apaiser la douleur, Henri-Christian reprenait ses esprits. Il essayait de se sortir de ce vertige causé par l'injustice et la souffrance, choqué, comme à la dérive...

Alors, il eut l'étincelle de courage dont on ne peut certes pas se passer dans des moments aussi décisifs pour l'histoire de l'humanité :

— Attention, il va utiliser un nécromancien avec un sort rétro !, proclama-t-il par-dessus l'épaule du sanguinaire seigneur à l'adresse du serviteur du bien.

Et soudain, toutes les forces du mal se retournèrent contre lui, avec chute de chaise et tout le tralala...

Notre pauvre martyr valdingua au milieu de la salle avec le potentat des ténèbres agrippé à son cou, les mains fermes comme une poigne de pierre, opiniâtres comme la gueule de Croc-blanc lorsqu'elle cherche la jugulaire de sa victime, résolues à tuer. Avec une patience inhumaine, l'homme à la natte noire luttait contre l'haleine fétide brie-salami qui s'exhalait en râles plaintifs de l'ingrate gueule de son adversaire.

La terreur teinta un instant de blanc les yeux d'Henri-Christian.

Il pensa à Florence, son porte-bonheur, la lumière de sa journée. Il s'y accrocha en pensée comme à la jupe claire et fleurie d'une gentille maman. Lentement, il se sentait partir en arrière, il glissait, et il vit des filaments de ténèbres envahir ses yeux, son cerveau, et il fit noir.

—En fait, c'est vraiment n'importe quoi !, pestait Sebastian. Tout le monde hurle « Bush, assassin », tout le monde brandit des panneaux « Bush, enfoiré de criminel », bon, ouais, je suis d'accord, mais par contre, personne pour gueuler « Saddam, ordure criminelle » ! En tout, j'ai dû voir deux petits panneaux anti-Saddam ! « Bush, Sharon, assassins ! », OK, c'est clair. Mais est-ce que ça vaut le coup de gueuler « Allah akbar » pour autant ?... Ça me pète sérieusement les couilles ce monde d'abrutis, de suiveurs décérébrés ! Arhh ! Et voilà les hystéros de "Libérez la Palestine" ! À croire que c'est le peuple le plus martyre du monde entier, sans déconner... C'est terrible, mais en réalité les Palestiniens, même les pays arabes tout autour ils s'en foutent, et pire : ça les arrange tellement ! ils s'en font une posture d'injustice faite à tout le monde musulman ! Oh ! Tu m'écoutes ?! Oh ! Jocelyn !

— Attends ! J'entends vraiment rien avec tout ce boucan ! Mais tu sais bien qu'il faut pas me lancer sur la Palestine ! Toi-même, tu me l'as dit combien de fois... C'est une situation absurde, bloquée, impossible, voilà. Une seule chose peut permettre d'en sortir : que les religions s'accordent, qu'Israël renonce à être le pays d'une seule religion, et surtout que les humains lâchent leur orgueil moisi, leur nationalisme à balle deux... C'est bon, ça me saoule, changeons un peu de sujet !

— Quoi !? J'entends rien ! Non, mais de toute façon, l'occupation israélienne, c'est un scandale... Non, mais c'qu'il leur faudrait à tous les intégristes, et pour les juifs aussi, hein, c'est un vrai dieu, en chair et en os, un énorme géant qui viendrait leur chier dessus pour qu'ils comprennent ce qu'ils ont dans le crâne ! Ou sinon, à la limite, il faudrait que les terroristes fassent des bombes à merde pour montrer civilement leur désaccord, et que l'armée riposte avec des jets de merde !... Ah ouais... Pas con ça... des bombes à merde... Ça doit bien calmer...

Sebastian avait dit ces derniers mots pour lui-même, et comme par un remède magique, le calme lui revint aussi vite que la colère lui était venue.

*

Presque insensiblement, Jocelyn abandonna son ami pour se faufiler près de Dorothea.

— Tu prends mon bras ?, demanda-t-elle en soulevant le coude. Et Jocelyn cala son bras sous celui de Dorothea. Il la regarda à la dérobée. Sous l'effet combiné de l'air froid et de la chaleur de la foule, ses joues étaient toutes rougies, et ses yeux brillaient. Son nez, autour du piercing avait rosi également. Sinon, la peau de son front était bleutée, ses cheveux étaient sombres, ses yeux verts. Elle se tourna vers lui avec un sourire doux. Sous l'émotion, il ne put s'empêcher de serrer son bras plus fort.

Touchée, elle dit :

— On dirait que ça marche bien, nous deux !

Puis son regard s'égara comme si ces mots trop explicites lui avaient échappé.

Alors, Jocelyn lui prit la main et croisa ses doigts avec ceux de Dorothea.

Ils s'embrassèrent en silence. Et dans son vertige, Dorothea songeait qu'elle aurait peut-être pu trouver mieux que « on dirait que ça marche bien, nous deux ». Et dans son vertige, Jocelyn se disait qu'il n'avait jamais pensé pouvoir sortir avec une fille aussi classe et la phrase de Dorothea lui semblait tout à fait touchante.

Un peu en retrait, Sebastian croyait halluciner. *Mais ça alors ! Mais quel champion ce Jocelyn ! Et voilà ! En une minute chrono ! Que j'te sors avec Dorothea ! Mais qu'est-ce que c'est que ce monde, j'te jure ! On n'est pas des bêtes, putain !*

L'instant d'après, Sebastian discutait avec Sonia :

— T'as vu ? Jocelyn, il sort avec Dorothea !

— Ah bon ? Ah, c'est marrant ! Bin c'est bien... Au moins elle m'oubliera un peu..., dit Sonia avec légèreté.

— Comment ça ? Tu veux dire que..., fit Sebastian avec une complète tête d'ahuri.

— De quoi ?

— Tu veux dire que Dorothea ressentait un truc pour toi ?

La bouche de Sebastian béait sous le choc.

Sonia suffoqua de rire :

— Et voilà ! Tout de suite !... Hum. Tu confonds avec tes fantasmes, là...

— Non, je...

— Tout de suite, toi t'imagines le truc bien croustillant ! Non. Au contraire... Je lui ai piqué son copain l'année dernière.

— Ah ? Euh... Et t'es toujours avec lui ?, demanda Sebastian, ambigu.

— Ouais, ouais..., répondit Sonia, détachée.

— Il s'appelle comment ?

— C'est Antoine, le mec dont on parlait tout à l'heure.

— Mais pourquoi il n'est pas venu, alors ?

— Ouais non... Laisse tomber, s'il te plaît...

— Hum... Ouais euh... Ouais ! et sinon... il paraît que tu fais du volley ? — Changement de conversation ! Sebastian ramait maintenant comme un fou pour éviter de la blesser.

— Oui. Bien sûr ! En club, ça marche bien... Tu n'as pas remarqué que je me suis améliorée ?

— J'ai toujours trouvé que tu jouais super bien, alors...

— C'est ça... c'est ça... Rappelle-toi, un des premiers cours de l'année dernière... ça t'revient pas ? T'étais capitaine et tu ne m'avais pas prise dans ton équipe !

— Ah bon ? Bin tu vois, j'm'en souviens même pas !

— Si, si ! Forcément, gros malin : tu avais expliqué à Ségolène... elle, elle te disait : « prends-là dans l'équipe ! » Toi, tu lui avais dit que t'étais pas sûr... Tu te souviens pas ? À cause de mes seins...

— !!!... Quoi !? À... à cause de tes seins ? Qu'est-ce que tu racontes !? Mais...

— Tu lui as dit qu'avoir une forte poitrine, c'était un handicap !

— J'ai dit ça, moi ?, fit Sebastian avec un regard parfaitement candide.

Il ne se souvenait absolument pas de son trait d'esprit.

— Oui, oui. Soit... C'était de l'humour de gros malin... mais c'est arrivé jusqu'à mes oreilles...

— Oh là là ! Quel con alors ! Il faut que j'me fasse pardonner ! Je t'offre un café ?, demanda Sebastian, en la tirant par la manche.

— Mais ? Et les autres ?

— On les retrouvera, t'inquiète pas. J'ai le numéro de portable de Joss'.

— Bon. Je veux bien, mais uniquement si tu fais l'effort d'être un peu plus subtil...

— Tu as raison ! Je ne sais pas ce que j'ai depuis ce matin... — Sebastian avait l'air gêné.

— Depuis ce matin, pfff... hihi... Allez, viens... On s'en fiche !

Et Sonia eut un beau rire qui soulagea Sebastian, et qui lui fit amèrement songer au type qui le privait d'en profiter à son aise.

Sur les bords de la manifestation, les gens s'échouaient dans divers bars et cafés, comme les alluvions d'un fleuve. Les terrasses et surtout les salles étaient bondées. Sebastian et Sonia froncèrent les sourcils.

— Tiens ! Là-bas ! Il y a une table vide ! Vite !

Sonia se précipita vers la place providentielle.

C'était un joli café, en rotonde, avec un velum beige pour couvrir la terrasse. Un serveur, remarquable par sa ressemblance avec Nestor, le célèbre domestique de Moulinsart, donnait une petite ambiance *people* à cet endroit somme toute banal. C'est lui qui vint leur demander s'ils avaient choisi...

— Ce sera un diabolo grenadine pour moi, dit Sonia.

— Pfff... Haha ! Un diabolo grenadine ?, se moqua Sebastian

— Pourquoi pas ?

— Ouais... T'as raison... Pourquoi pas... Euh... Pour moi, ce sera un demi de bière blonde en pression...

— Seulement un demi, monsieur ?, demanda Nestor avec un sourire amusé.

— Oui, merci.

Le serveur tourna les talons et s'éloigna d'un pas raide, le dos bien droit.

— Il est bizarre ce mec, commenta Sebastian, et t'as vu comment il s'est moqué de moi, mine de rien ?

— Haha ! Et on dirait Nestor, dans Tintin...

— Ah oui ! Je me demandais ce qu'il me rappelait ! T'aimes bien les bandes dessinées, toi...

— J'adore ça !

— Et c'est qui tes auteurs préférés ? Moi, j'aime bien les dessins de Ferrandez, *Les Carnets d'Orient*... ou Joann Sfar ! *Le Chat du rabbin*, tu dois connaître...

— Ah oui ! C'est marrant Joann Sfar ! J'aime bien aussi les types avec qui il fait *Donjon*... *genre* Lewis Trondheim, il me fait rigoler à chaque fois... et Christophe Blain ! C'est génial, attends... *Isaac Le Pirate*, il y a trop d'ambiance...

— Et tu... Tu les as ces bandes dessinées dont tu me parles ?, dit fébrilement Sebastian.

— Bin... Il y en a, c'est à mon père, donc je peux pas vraiment les prêter... Sinon, Antoine, il en a quelques unes, mais lui c'est pareil, il prête rien... Moi, si tu veux, j'ai plutôt des vieilles bédés, *genre* j'ai tous les *Philémons* de Fred, c'est carrément bien, ça aussi...

— Ah, c'est intéressant ça, c'est des trucs bien barrés les *Philémons*, je crois... Sinon, il y a des bédés qui me saoulent, c'est les trucs du style *Aquablue*, ou *Lanfeust*... J'sais pas... J'aime pas le style... J'trouve ça moche... et un peu simpliste, dit Sebastian.

— Ouais, trop vrai... Mais... par exemple, les dessins de Lewis Trondheim, c'est pas toujours très joli... Ça m'empêche pas de trouver ça pas mal...

— Peut-être... Mais il a quand même un style personnel, lui au moins...

Ils discutèrent sur ce mode assez longtemps d'une des passions de Sonia, se plongeant avec étourdissement dans les intrigues et les citations, l'adulation et le dénigrement.

Seulement, ils baissèrent un peu la voix lorsque vint s'asseoir à côté d'eux un maghrébin au visage charismatique, dont la joue gauche portait une longue marque de griffure, comme donnée par un chat particulièrement hargneux ; il était accompagné par une belle femme noire qui lançait quelque fois un rire merveilleux, lequel semblait produire un grand effet sur son compagnon, tant il la regardait avec un bonheur manifeste.

— Pfffouu... J'en ai plein les talons..., disait Aminata.

— Pareil, répondit Ahmed. Et j'ai la gorge un peu brisée à force de crier.

— Oui, mais ça fait du bien, hihihi... Dis... Ce serait quand même bien qu'on puisse se revoir, non ?

— Bien d'accord, mais ce que tu me disais, sur la religion, je ne peux pas vraiment laisser passer... Tu disais ça pour rire, non ?

La voix d'Ahmed avait pris une intonation presque suppliante.

— Attends, ce serait pire si j'avais dit ça pour rigoler. Non, ça n'aurait pas été respectueux... Mes parents croient en Dieu, et moi je n'y crois pas tellement... Parfois, je suis juste un peu superstitieuse, tiens, des fois je lâche un « mektoub », ou un « inch'allah »... tu comprends ?

— Bon, alors tu crois quand même un peu en Allah... La foi ne t'a pas désertée totalement, si tu cherches bien en toi... Moi, mes parents, ils ne croient plus en Allah. J'ai été élevé en dehors de la religion... Mais j'y suis venu, comme un aimant, tu vois... Tous mes amis, ils me disaient *comment ça se fait que tu n'y croies pas ?* Ils me disaient que je risquais mon âme, si je pensais des choses impures et que je ne faisais pas la prière... Que je brûlerais à l'infini... C'est mes vrais amis qui m'ont montré comment devenir quelqu'un de posé, de calme... Les autres, ils sont presque tous passés par la prison... J'te jure, je sais pas ce que je serais devenu...

— Oui, je comprends ce que tu veux dire — Aminata avait un visage très sérieux en ce moment, et son regard était intense. La question qui se pose maintenant, c'est : qu'est-ce qu'on va devenir ?

— Eh bien moi, euh... Je fais des études solides, je suis en licence de sciences économiques... répondit Ahmed.

— Je te parle de la vie affective... Tu n'accepterais qu'une femme qui serait musulmane ?

— Pour me marier, oui, je crois, dit Ahmed du ton le plus confiant.

— Et si tu étais amoureux de moi, là... Je veux dire... si on se connaissait depuis longtemps et que tu te rendais compte que tu étais vraiment amoureux... Ta religion t'empêcherait de sortir avec moi ? Et je ne parle même pas de se marier, hein... Parce que moi, je ne peux pas faire semblant de croire à quelque chose auquel je ne crois pas... »

Ahmed perdit pied. Il sentit s'effondrer le sol, la banquette devenait terriblement glissante... Une voix intérieure lui sommait de tout faire pour garder Aminata ; il regarda son visage comme s'il le voyait pour la dernière fois... Les yeux d'Ahmed se troublèrent. Un jour de bonheur, c'était trop peu...

— Je... c'est vrai que... il faudrait alors que tu te redises ta profession de foi... Et il faudrait qu'on se marie.

— Non, ce n'est pas possible, je viens de te le dire... Tu vois bien que la religion que tu aimes est jalouse... Et moi aussi, je suis une femme jalouse, pourquoi pas ? Je voudrais que mon homme n'aime que moi... Qu'il soit une bonne personne parce que c'est comme cela que je veux qu'il soit.

Ils furent interrompus par le serveur.

— Je vais prendre un verre de porto, dit Aminata.

— Un coca-cola... euh ! non ! Un Perrier citron, s'il vous plaît !, demanda Ahmed en se contractant.

Le serveur tourna les talons et s'éloigna d'un pas droit, le dos bien raide.

— Il me dit quelque chose... On dirait un mec connu..., s'interrogea Aminata.

— Ouais... Il est zarb, comme mec..., fit Ahmed.

Il y eut un long silence gêné. Ils consommèrent leurs boissons sans vraiment parler. À un moment, Ahmed lança des yeux une supplique au ciel. Aminata y reconnut un geste de son père, quand celui-ci voulait lui faire un reproche, elle en fut blessée :

— Tu t'adresses à Dieu ?, dit-elle avec agressivité.

— Je ne sais pas... Oui, peut-être...

— Alors je voudrais te dire quelque chose, avant de partir...

— Bin... Vas-y...

— Je me suis trouvée là au moment où tu avais besoin de moi...
Si tu avais vu ta tête, ça valait toutes les déclarations d'amour.
Et, oui, *mektoub*! C'était peut-être grâce à Allah... Mais si je suis
attirée par toi, maintenant, c'est pas Dieu, c'est juste toi et moi !
Tiens, voilà mon numéro de téléphone, si un jour tu veux bien
lâcher quelques principes... Tu es très attirant, Ahmed, et je
pense vraiment que tu es une très bonne personne... mais je
veux pas de principes étriqués et les visions du passé ne me
disent rien. Bref, le Coran, c'est pas trop mon truc... Tiens,
même, je peux t'le dire parce que je l'ai lu tout en entier ! Il m'a
pas fait grand-chose, juste j'me suis dit *tiens, c'est marrant de lire
le même truc que tous ces gens, que plein de gens de ma famille*,
mais aussi j'me suis dit *c'est chaud ! on est vraiment censé
accepter tout ça ?* Ce bouquin est censé te dire tout ce qu'il faut
faire et penser... Il ressemble à un Code civil qu'on n'aurait pas le
droit de réformer. Moi, je dis « comment on se sort d'un truc
comme ça ? » Ça ne vaut pas le contact des humains, leur
fragilité, leur histoire, l'évolution de nos sociétés... Ce texte ne
suffira jamais à nous protéger, nous les pauvres humains, et
d'ailleurs il n'a jamais suffi à empêcher toutes les injustices, tous
les affronts faits par les humains aux humains. Même si... C'est
un livre qui promet tellement d'horreurs à ceux qui ne font pas
ce qu'il dit !... Au bout d'un moment, j'trouve ça dégueulasse et
mesquin, finalement typiquement humain... certainement pas
divin. Désolée d'être aussi violente, tu n'y es pour rien... mais
c'est comme ça... Comme je te disais, ça me ferait mal que tu
penses du mal de moi à cause de ça, et surtout que je ne puisse
pas t'embrasser... Eh oui... Mais ce n'est pas comme si on
pouvait faire semblant que ce n'est rien... — Aminata, malgré
des efforts pour surmonter ses émotions, ne put retenir ses
larmes.

Elle reprit un peu ses esprits. Ahmed n'osait plus la toucher.
— On... On peut essayer quand même, si tu veux. On ne pourrait
pas un peu parler d'autre chose ?, fit-elle, en séchant ses larmes.

Ahmed était rouge sang, incapable de s'exprimer. Les objections se bousculaient dans sa gorge depuis le début. Il y avait trop d'émotions. Il fallait pouvoir les supprimer car elles nous éloignent du chemin du bien. Mais la femme était trop belle et sa langue trop puissante pour qu'il trouve un recours dans la parole d'Allah. Il était encore trop vulnérable, il ne pouvait pas se montrer faible ; c'était indigne.

Il ne dit rien.

Alors Aminata se leva, sous le choc, et lui envoya un baiser triste avec sa main avant de s'enfuir dans l'anonymat de la foule.

Ahmed resta hébété. La colère sauvage, indistincte, contre Elle, contre les athées, contre lui-même et même contre sa propre religion bouillonnait en lui, et il ne parvenait pas à comprendre pourquoi les choses n'étaient pas plus simples, plus évidentes. Il simplifia donc : c'était de sa faute à elle ; elle était devenue aveugle.

Le train Aqualys filait dans la nuit comme un trait lumineux en direction d'Orléans. Sa marche poursuivait une trajectoire infaillible, sa progression était rapide, sans retour. Ce n'était pas une bulle dans un niveau de charpentier qui va et vient à la recherche de l'horizontale, c'était un train soufflant et grondant que le cheminot électrisait vers un lointain que prédéterminaient périodiquement des aiguillages. La fuite en avant de l'Aqualys entraînait entre autres Jocelyn et sa nouvelle petite amie Dorothea, son copain Sebastian et Sonia, Florence et son cousin Antoine, ainsi qu'Henri-Christian assis à la dernière place du dernier wagon...

Jocelyn et Dorothea avaient relevé l'accoudoir et se parlaient, volubiles ; leurs mains, quand elles ne rythmaient pas leurs mots, se cherchaient dans la pénombre, ou esquissaient des voyages sur le corps de l'autre ; leurs bouches, entre deux échanges de paroles, se donnaient de tendres accolades. Soudain, ils riaient. Leurs yeux s'envoyaient des étoiles, des éclats de désir à partager en cachette. Ils se serraient l'un contre l'autre. Entre deux pouffements de rire, Jocelyn sortit pour Dorothea quelques citations de son classeur.

— Tiens lis celle-là : « Oui, maintenant il le voyait nettement : le monde n'était pas seulement cette débauche de matérialisme vulgaire, que toute une ville, et jusqu'à sa pauvre mère, s'acharnaient à lui montrer. Non. Il y avait aussi son monde à lui, le monde de ses livres et de ses rêves de toujours, le monde de son cœur. » C'est de Panaït Istrati, dans son roman autobiographique *Mikhaïl*... Ce que j'adore dans ses histoires, c'est qu'il te fait croire à une grande fraternité des lecteurs, à l'immense et indicible supplément de beauté et d'émotions que la littérature apporte au cœur d'un homme.

— C'est incroyable tout ce que t'as dû lire, non ?

— Pas tant que ça, si je compare à ma mère...

— Oui, mais pour ton âge... Remarque, moi c'est pareil, mais je finis rarement. Parce que je lis ce qui traîne chez moi, et c'est souvent des « classiques ». Soit je lâche dès le début parce qu'il y a trop de descriptions, soit je rentre dedans mais, au bout d'un moment, les vieux écrivains, ils veulent toujours te montrer tout ce qu'ils savent et ça devient trop relou...

— Oui, haha, je vois bien...

— Mais c'est vrai qu'il y a de ces moments, par exemple j'adore Stendhal ou Dumas, où tu vois les scènes en dedans de toi, et ça c'est magique, tu sens vraiment que tu portes en toi un petit univers...

— Oui...

Il se pencha vers elle et leurs lèvres se joignirent. La langue de Dorothea vint se poser sur les lèvres de Jocelyn et il en conçut une joie immense. Deux univers entraient en collision et l'énergie qui se dégageait de cet accident se prolongeait en sensations merveilleuses.

— Tu écris ?, demanda-t-elle.

— Oui, un peu... Mais que c'est difficile d'écrire des choses bien ou, du moins, des choses vraies.

— Clair...

— Et toi ? Tu écris ?

— Oui, mais surtout des poèmes... Parfois quelques histoires courtes...

— Oh... T'es comme un genre de fille idéale... Pardon, le compliment est un peu bizarre...

— Hihi, t'es pas mal aussi, comme garçon... Un peu bizarre, mais vraiment pas mal.

— Hé ! Comment ça, bizarre ?

— Eh bien, euh... Je ne veux pas te vexer, hein... Mais, par exemple, c'est un peu bizarre d'avoir traîné avec toi ton classeur de citations.

— Ah oui... J'espérais pouvoir noter des slogans marrants... Et puis je t'avais promis de te faire lire des trucs.

— Oh... C'est à cause de moi ?... Désolée alors de t'avoir fait te traîner ce machin partout...

— Bof, c'était rien, avec le sac à dos... Et puis, tu as vu que ça nous a permis d'avoir une conversation intéressante, non ?

Un silence songeur s'installa. Les deux amoureux ne se quittaient pas des yeux.

— Tu me feras lire ce que tu écris ?

Jocelyn avait des lumières dans les yeux.

— Pas tout !

— Soit...

— Dis... Jocelyn...

— Quoi ?, demanda Jocelyn, en pleine rêverie — il s'imaginait déjà trois volumes de correspondance amoureuse.
— Tu le connais le poème d'Arthur Rimbaud, celui dans un train ?
— Lequel ?
— « Rêvé pour l'hiver », je te le copierai, si tu veux, dans ton classeur.
— Oui, ça m'plairait bien...

Autre part, dans le même train, Sebastian s'entretenait avec Sonia.
— C'était triste, le couple dans le bistrot, tout à l'heure, disait Sonia.
— Oui, c'était impressionnant, fit Sebastian.
— Le pire, c'est que j'crois pas que le type abandonnera sa foi pour suivre cette femme.
— Alors qu'elle a l'air vraiment très bien, et puis elle avait le coup de foudre pour lui.
Sebastian ouvrait des yeux incrédules.
— Ça se voyait ! Et lui...
— Il avait l'air *trop* triste quand elle est partie, dit Sebastian. Et puis son visage qui se fermait petit à petit... Il m'a fait penser à un curé...
— On ne va pas le plaindre non plus... Tu savais que ma mère était musulmane quand elle était petite ?
— Non...
— La fille de tout à l'heure, elle m'a fait *trop* penser à ma mère.
— Ah ouais ?
— Attends ! Tu l'aurais vue, ma *reum*, quand j'ai commencé à m'intéresser au Coran... Elle m'a prise entre quat'z yeux. Elle m'a fait tout un topo : voilà, qu'on était issues d'une culture très belle... tout ça. Elle m'a vanté la douceur de la méditerranée, la beauté de notre pays, l'Algérie, elle m'a vanté les scientifiques arabes, les philosophes, les poètes et tout... l'hospitalité, la

générosité... Et puis elle m'a dit que, pour elle, le Coran, en fait, c'est comme une imposture.

— Ouh là !

— Elle m'a mis un gros doute... Elle m'a dit que l'Islam pouvait être vu comme une brutale révolution patriarcale. Que la mythologie préislamique, avant tout ça, était fortement matriarcale et que les disciples de Mohammed s'étaient acharnés à faire disparaître les déesses Al-lat, Uzza et Manat, et le genre féminin de leur religion. Tiens, par exemple, le Coran ne prend pas bien soin de s'adresser aux femmes. Jamais il ne dit « vous, femmes ». C'est toujours indirect, alors qu'il s'adresse directement aux hommes. Ce qui est bizarre pour un texte à vocation universelle... Ensuite, c'est un texte vraiment situé dans le temps et dans la géographie : il n'anticipe en rien le monde à venir, il n'évoque que la faune locale... Cochons, vaches, mulets et tout le temps les chameaux... Tout le temps ça parle de l'esclavage. Mais ça, c'est plutôt intéressant, parce que la parole « transmise » à Mohamed propose l'affranchissement des esclaves comme moyen d'atteindre la droite d'Allah. La droite d'Allah, c'est là que sont les élus. D'ailleurs le Coran est très virulent contre les riches...

— Ah ouais. Mais bon, apparemment, c'est pas ça qui empêche certains de se faire des palais sur les corps des ouvriers...

— Ouais..., maugréa Sonia. Mais le Coran n'y est pour rien, pour le coup... C'est juste un instrument de pouvoir. Une fois que tu as le pouvoir, tu diras toujours : « faites ce que je dis, pas ce que je fais... » Et puis, le Coran, c'est souvent un commentaire des événements de la Bible et une suite d'enseignements que Dieu ordonnerait d'en tirer. C'est la critique de la morale des juifs et des chrétiens par l'exemple. C'est une suite d'avertissements divins contre le polythéisme, *genre* si tu crois à plusieurs dieux, une seule chose t'attend : le feu éternel. Il y a un discours constant autour des preuves de la force d'Allah. Déjà que dans la Bible, Dieu est d'une jalousie pathétique... Tiens, par exemple, ma mère m'a dit, pour bien me montrer l'origine humaine des textes religieux... elle m'a dit d'apprendre par cœur le verset quatre-vingt quatre de la sourate « Les Femmes ». Ça fait : « N'ont-ils pas le Coran sous les yeux ? Si tout autre que Dieu en était l'auteur, n'y trouveraient-ils pas une foule de contradictions ? » alors que le corpus du Coran est si morcelé qu'il contient v'là les contradictions !

— C'est bizarre... T'es sûre que c'est vraiment dans le Coran, un truc pareil ?

— Oui, ça paraît quand même vraiment trop lourd pour venir de Dieu, non ? Surtout que, note la subtilité, le Coran, ça veut dire récitation, c'est sensé être oral, on n'est pas sensé l'avoir sous les yeux... Bon, après, ça c'est peut-être à cause de la traduction, hein...

— C'est clair que de toute manière dire un truc comme ça, ça fait un peu mesquin... Et puis toute façon, on voit bien, vu les disputes entre musulmans qu'y en a, des contradictions... Mais même... Encore plus simple : si Dieu est aussi l'auteur de la nature, il y a quand même pas mal de paradoxes dans la nature... Pour moi, dire que Dieu c'est la perfection, c'est d'une connerie... Seulement l'homme, il ne peut pas l'imaginer autrement ! Dieu est forcément parfait... Quelle misère... alors pourquoi la nature a-t-elle tant de carences ? est-elle si fragile ? Et pourquoi Dieu, s'il est parfait, est-il un tel connard susceptible ?

— Ouais, clair... Mais ceci dit, cette sourate, c'est peut-être un ajout, parce que tu ne sais peut-être pas... mais le Coran, il a pas été clairement fixé par Mohamed lui-même, contrairement à tout c'qu'on dit. Là, les croyants, on peut dire qu'ils sont pas au service de leur religion avec leur aveuglement... Tu vois ? En fait, au moment de la récitation par le prophète, l'écriture arabe elle avait pas les accents sur les lettres pour bien différencier les sons. En plus, les paroles du prophète, elles étaient notées par ses fidèles. Ça fait autant de versions différentes. Y a eu plein de versions du Coran, comme pour la Bible... C'est le calife Othman qui a fixé le texte définitif après la mort de Mohamed et qui a fait détruire toutes les autres versions. Et tout ça à un moment où t'avais trop d'conflits entre les différents clans des premiers musulmans, après la mort de Mohamed, normal quoi... Othman, il avait confisqué pour son profit et celui de sa tribu une grande partie du butin des conquêtes du prophète...

— Ouah, t'es vachement bien renseignée... Je connaissais pas tout ça.

— Je me suis intéressée, c'est tout. Et j'ai quand même lu le Coran en entier, et c'est intéressant ! Ça donne une bonne idée de l'état de la société et de la culture à l'époque de Mohamed. J'dirais, tu vois, ça fait partie de mon patrimoine. Et tu sais quoi ? On peut quand même en être tout à fait fiers. Ce livre a été un puissant instrument de civilisation, c'est grâce à lui que toutes ces tribus ont prospéré, ont accompli un genre d'unité de civilisation, pour reprendre ce que disait la fille tout à l'heure : c'est un peu comme le Code civil napoléonien...[1]

Plus loin encore, à l'arrière du train, Henri-Christian songeait à sa journée. Il se repassait dans le viseur de son appareil numérique les photos de Florence et celles de sa poignée de main à son idole, Charles Vanini, en fauteuil roulant. Il regardait avec une fascination égale une photo de lui-même, de son cou de martyr, violacé, après l'agression dont il avait été victime. Il

---

[1] Ici l'auteur ressent la nécessité de quelques précisions, parce que la critique du Coran est toujours quelque chose de sensible. Qu'on ne se trompe pas : cette lecture critique du Coran par Aminata ou encore par Sonia et sa mère n'est pas une lecture exactement si savante, si érudite qu'elle s'en donne parfois l'air... C'est aussi une lecture réactive. Elles ont lu le texte avec l'a priori négatif qu'ont fait naître en elles tous les discours fondamentalistes, dogmatiques de certains prêcheurs de l'Islam. Sur la défensive, elles ne voient pas de poésie dans Le Coran parce que les fondamentalistes n'y voient pas de poésie. Elles ont peut-être perdu leur foi, parce qu'elles se sentaient en danger, prises entre l'énergie exclusive de cette religion et de nombreux doutes légitimes...

s'était trouvé dans un tourbillon d'évènements tel qu'il n'en avait jamais connu ! De plus, il avait gagné tant de cartes grâce à sa bonne étoile, que son classeur ne pouvait pas toutes les contenir... Il se sentait dans un rêve, il était un genre de héros mythique. La belle et sage Florence guidait sa main, et il tuait un gros dragon, au fond d'une grotte...

Soudain, il se souvint d'un texte qui l'avait marqué dans son enfance : un chevalier s'aventure dans une caverne, terrasse un dragon et devient dragon à son tour. Le dragon qu'il a tué se transforme alors en homme et le remercie de l'avoir délivré d'un mauvais sort qu'une sorcière lui avait jeté. À son tour, l'homme devenu dragon doit attendre un chevalier en mesure de le battre ; et toujours, son instinct de dragon lui intime de massacrer, alors qu'en lui l'homme implore de se laisser faire. Les années passent et la fiancée du chevalier qui était parti vaincre le dragon se remarie ; elle a le temps d'avoir cinq enfants et puis elle meurt... Et pendant ce temps, le chevalier devenu dragon vieillit à peine...

Alors, Henri-Christian se revit à terre, sous la poigne du terrible individu à la tresse noire. Et il eut l'impression d'un jeu de miroirs : c'était lui-même qui avait été terrassé ! L'autre, le noir seigneur à la roide poigne... Et cette impression de liberté, de force nouvelle qu'il ressentait, c'était peut-être que le dragon avait été vaincu en lui.

Dans sa large poitrine, Henri-Christian sentit qu'il pouvait respirer sans entrave. Un observateur aussi attentif que sa mère aurait pu déceler sur son visage une légère décrispation, comme un tic en intermittence.

Charles Vanini, dans sa conférence l'avait dit, et Henri-Christian, en bon étudiant, avait pris des notes :

« Le pouvoir de l'*imagination* est immense.

« L'imagination humaine nous permet de sortir de notre enveloppe fragile et d'affronter l'univers entier. L'imagination nous permet de voir les galaxies que chacun abrite en lui-même ;

c'est l'instrument qui nous rapproche et nous sépare. Tous les liens d'amitié et de haine sont tenus par cette force de l'imagination. Je suis même certain que c'est la seule puissance de l'imagination qui a fondé et soutient toutes les religions...

« L'imagination doit nous permettre de surmonter de grandes faiblesses. Il faut en prendre soin, la cultiver, ne pas la laisser entre les mains de n'importe qui !

« Je ne veux pas que mon jeu soumette vos imaginations. J'y ai pensé comme un support à l'imagination de batailles entre créatures étranges... Je suis heureux que vous soyez rassemblés ici, que vous échangiez entre vous, que vous sortiez de chez vous. Idéalement, j'aimerais que vous fassiez de bonnes rencontres. Je regrette seulement une chose, en tant que disciple de l'imagination et créateur de nombreux jeux, c'est que de tous mes jeux, c'est le plus uniformément guerrier qui s'est emporté le plus grand triomphe.

« J'aimerais que de ces duels gagnés ou perdus, vous emportiez une force personnelle, que vous ayez accompli le jeu non pas contre un inconnu, mais que ce soit devenu un instrument de la compréhension d'autrui. »

En revanche, Henri-Christian avait été déçu de sa réponse à une question qui portait sur l'unité de calcul de son jeu : les « points d'*orgone* ». M. Vanini avait éclaté de rire avant de dénigrer le mot employé : « c'est un terme un peu ironique de ma part... Je ne voulais pas utiliser le terme « points d'action » qui n'apporte rien à l'imagination ou encore le mot polynésien *mana* trop souvent employé dans ce genre de jeux, galvaudé, même s'il a aussi une utilisation intéressante dans l'ethnologie chez Marcel Mauss... J'ai choisi ce terme d'*orgone*, donc, à mi-chemin entre la magie et la science, qui fut inventé par le psychiatre Wilhelm Reich pour caractériser une forme d'énergie qui s'attacherait aux organismes vivants, qui les nourrirait en quelque sorte, et qui permettrait d'établir, c'est en quoi cette idée est intéressante, une relation énergétique entre l'animé et l'inanimé, une forme de continuité cosmique... C'est une vision scientifique mystique à laquelle il a cru dur comme fer. Mais cette histoire d'orgone est une pseudo-science, c'est complètement contraire aux lois bien mieux prouvées de l'entropie... »

Cette réponse avait déçu Henri-Christian, car celui-ci avait fait des recherches sur l'orgone de son côté, inspiré par son maître Charles Vanini, et il avait cru que cet homme, d'une certaine façon l'avait encouragé à le faire... Il avait accepté cette histoire d'orgone, car les sites Internet qui présentaient le concept semblaient crédibles... Mais... Peut-être Charles Vanini tenait-il un discours critique sur le sujet pour dissimuler sa véritable opinion. Il avait dit « une pseudo-science », mais il n'avait pas dit « je n'y crois absolument pas »...

Parvenu à destination, alors qu'il attachait soigneusement son sac à dos sur le quai de la gare des Aubrais, en correspondance pour Orléans, Henri-Christian aperçut la belle Florence en compagnie de l'homme à la tresse noire, son agresseur de la convention. L'univers avait bel et bien un sens ; toute chose qui se passait procédait d'un plan secret, une énergie secrète reliait leurs trois entités et le cœur du jeune homme rebondit dans son corps comme une balle de squash.

Un peu plus tard, c'était le cœur de Sebastian qui était ébranlé, lorsque Sonia se détacha de lui pour aller étreindre sous ses yeux ce même grand type à tresse noire...

Le pauvre Sebastian rentra seul, à pied, chez lui, traversant un Orléans du samedi soir : petites familles, étudiants, bars et restaurants.

Jocelyn accompagna Dorothea jusqu'à sa maison. Ils s'embrassèrent longuement. Ils restèrent sur le pas de la porte, à se tenir la main et à partager leur enthousiasme à mi-voix. Ils commençaient à sentir la fatigue et le froid. Jocelyn caressa le visage fin de Dorothea, embrassa les joues rouges et froides, passa le dos de sa main sur les lèvres de son nouvel amour. Ils se serrèrent fort avant de se quitter. « À demain ! Vite ! », dirent-ils presque ensemble. Et il fallut se séparer.

Allongé sur son lit, Jocelyn sentait son corps tanguer comme le « bateau ivre » du poème de Rimbaud. On basculait vers l'arrière et il semblait qu'on regardait maintenant la surface de l'océan, perdu dans le ciel. Et l'on voyait le visage de Dorothea, et les mains ressentaient la peau de Dorothea, et des éclats de la voix de Dorothea remplissaient d'échos la chambre de Jocelyn...

Dorothea peinait à s'endormir. Trop de questions surgissaient. Elles bouleversaient sa conscience en d'inutiles problèmes. C'était un pas dans l'inconnu, cette histoire d'amour. Elle aurait voulu que les mystères s'estompassent, se dissolussent, que rien ne vînt ternir son bonheur.

Quand il l'embrassait, qu'il la serrait avec passion, tout était simple.

Mais en cet instant de solitude, elle ne pouvait plus voir l'amour dans les yeux de Jocelyn. Elle n'était plus sûre de rien. Elle nageait dans une eau sombre et douce ; pas une bouée pour s'accrocher. Son corps se rassemblait autour de son ventre noué : un nœud d'angoisse et de bonheur. N'était-elle pas déjà passée par cet état ? Et ne s'était-elle pas trompée par deux fois ? Qu'y avait-il de réel, avec Jocelyn ? Soudain, elle le vit, l'expression qui se composait sur son visage quand il la regardait. Le nœud dans son estomac se défit quelques instants, puis la vision s'estompa et la douleur sourde revint se nicher. Quel manque de confiance en soi !, s'énerva-t-elle contre elle-même. Et voilà, le sommeil ne viendrait pas !

Elle se leva pour aller regarder la nuit par sa fenêtre. À l'aplomb de son poste d'observation se trouvait le petit jardin entouré d'une grille de fer. Un arbre unique, un cerisier, se dressait là. Ses branches découpaient la lumière d'un réverbère. Le petit arbre serait bientôt couvert de fleurs.

IV

Tu me dis Notre amour s'il inaugure un monde
C'est un monde où l'on aime à parler simplement [...]

*

— Tu le connais le poème d'Aragon, "Ce que dit Elsa" ?, demandait Dorothea à Jocelyn. Elle lui serrait le bras, le forçait à se rapprocher, il se laissait faire de bonne grâce.
— Non...

Jocelyn rêvait doucement. Il pensait à la nuit qu'il avait passée avec cette jolie Dorothea. Ses yeux entrevoyaient fugitivement le corps nu trop vite éclipsé par les draps. Ses mains tentaient de se remémorer les douceurs de la veille. Belle nuit, furtive, inaccomplie.

Ils se dirigeaient joyeusement vers le lycée, de concert, accrochés comme deux ivrognes en pleine bamboche — à ceci près que leur taux d'alcoolémie n'était dû qu'à l'ivresse de leur amour, que les mots échangés n'avaient certes pas lieu d'être identifiés à des propos de soûlards...

Ils franchirent le seuil du centre commercial Place d'Arc qu'on pourrait comparer à l'inquiétante forêt des contes que le couple de héros doit traverser, avec ses embûches (les personnes qu'on ne souhaite pas rencontrer), ses figures inquiétantes (un groupe de jeunes qui parlent plus fort qu'il n'est convenu, par exemple), ses épreuves (effluves de fast-food ou de mauvaise croissanterie)...

C'est aussi une forêt de signes, *baudelairienne*, *barthésienne*... plus barthésienne que baudelairienne, ou peut-être carrollienne... enfin bon... une forêt de signes, quoi ! Sur chaque boutique, des affiches ; dans chaque vitrine, des mannequins exhibitionnistes ; sur chaque écran, des démonstrations de produits ; sur chaque badaud, des marques, des slogans, des chiffres ; sur chaque femme, des feuillaisons de signes ! dans ses cheveux, aux pointes de ses cils, sur ses pommettes, ses lèvres, à ses oreilles, dans son cou ! des guirlandes de signes qui dégoulinent jusqu'à ses pieds... et les hommes tentent de leur faire concurrence ! Et tout autour de nous se joue la fronde secrète, tout s'aguiche et s'entre-détruit. Tout nous détourne de la mort et tout nous y conduit.

En pénétrant dans ce lieu inquiétant, les visages frais des jeunes amants se brûlèrent au souffle chaud de la climatisation.
— Tu te souviens ? La *viennoiserie* ?, chuchota Jocelyn à Dorothea. Ils n'eurent pas le temps d'échanger un sourire : les haut-parleurs de Place d'Arc diffusaient une atroce musique mélangeant synthétiseurs ringards et mauvaise orchestration, véritable musique d'ascenseur, d'attente téléphonique qui se donnerait des airs grandiloquents, plus insupportable que la pire *sonnerie polyphonique* de portable. Nos deux amoureux se regardèrent en arrondissant les yeux :
— Ah ! Mais quelle horreur !, cria presque Dorothea.
— Ça ne va pas du tout..., gémit Jocelyn, au bord du fou rire.
— Mais pourquoi est-ce qu'ils font ça ?, demanda Dorothea.
— Je ne sais pas... Ça va faire fuir les clients !
— C'est peut-être pour que les délinquants, les *lascars* ne s'attardent pas... C'est bien connu qu'ils n'écoutent que du rap et ne supportent rien d'autre.
— Hahaha... Et pourtant, ça n'a pas l'air de marcher. Regarde ce groupe-là..., ajouta Jocelyn.
— En plus, ils sont bien caricaturaux..., souligna Dorothea.

Ils commentaient ainsi ce qu'ils voyaient, ce qu'ils entendaient, avec une bonne humeur croissante, au fil de leur chemin.

Jusqu'à ce qu'ils croisent Solange, la grande sœur de Sebastian.

— Tiens ? Jocelyn ? Salut !, fit-elle en minaudant.

— Euh. Bonjour Solange. Euh... Dorothea, je te présente Solange, la sœur de Sebastian, Solange, Dorothea...

Les deux filles échangèrent un bonjour amical.

— Qu'est-ce que tu fais là ?, demanda Jocelyn.

— Je cherche des sous-vêtements qui soient jolis !, dit Solange, ingénument.

— Et alors, tu trouves ?, demanda Dorothea, faussement décontractée.

— Ça va... Je vais certainement me prendre des strings...

— Bon... Eh bien, bonne journée alors, coupa Jocelyn.

— OK ! Salut !, fit Solange.

Le couple continua son trajet à travers la forêt qui s'était insensiblement transformée en forêt de culottes : des arbres à l'écorce de peaux nues, des frondaisons de dentelles, des massifs de fougères-strings à pétioles fins — qu'on reconnaît aussi sous le nom de cheveu-de-Vénus — poussaient hors du décor et se substituaient au cadre habituel de leur itinéraire quotidien. La musique diffusée par les haut-parleurs nimbait cette vision de toute la splendeur du son caressant d'une flûte de Pan.

— Dis-donc, la sœur de Sebastian, elle n'a vraiment aucune gêne, commenta Dorothea.

— C'est clair... Elle ne te connaît pas, et elle te parle de strings.

— Attends... Elle parle de strings devant un copain de son frère !

— Ouais... Moi, elle me fait marrer. Elle est assez légère comme fille...

— Mouais... Attention, toi !, Dorothea fronça les sourcils et tira à elle le bras de Jocelyn.

Il se laissa faire, l'esprit un peu absent.

Le soir même, Jocelyn pensait à Dorothea.

Il s'attendrissait. Plus de deux semaines qu'il sortait avec elle : deux semaines rêvées.

Il aurait souhaité qu'elle fût à portée de regard, à portée de main.

Le garçon se saisit du téléphone dans le couloir et l'emporta dans sa chambre. Bonsoirs furtifs chuchotés dans la pénombre, baisers, compliments, le chant sérieux des amants se mêlait de rires étouffés. Quand les yeux de Jocelyn rencontrèrent la lueur digitale du réveil, ils notèrent que vingt minutes s'étaient déjà écoulées. Promesses. Baisers.

Il se sentait un peu frustré par l'espace et par le temps : tout concourait à l'empêcher de profiter de Dorothea. Ils n'avaient pas eu encore le temps d'une intimité plus accomplie. Il se coucha, prit un livre :

Amoureuse, la belle Jalia sur le chemin du retour volait au-dessus des flaques d'eau.

Elle montrait son visage magnifique au ciel prodigue d'eau.

La fraîcheur ruisselait sur ses pommettes rebondies. Le tissu mouillé de son sari collait à son corps vif de danseuse.

Les gouttes d'eau tombaient sur le gravier du chemin, sur la terre des toits, dans l'eau des flaques, sur les plantes, dans les fleurs.

Chaque goutte éclatait en une parole. La pluie faisait un murmure. Le ciel chuchotait dans les corolles des fleurs.

Le lendemain, le soleil séchait tout.

La pelouse derrière la maison était d'un vert brillant. L'air portait des odeurs délicieuses. Jalia voulait aller voir le cours d'eau, s'il aurait enflé. Elle avait son beau sari rouge. Sa petite sœur jalouse tirait dessus. Elle ne voulait pas rester seule. Jalia se baissa, lui donna un baiser. L'enfant s'enfuit vers sa mère.

En sortant, Jalia esquissa un petit pas de danse. Ses pieds nus embrassèrent l'herbe fraîche. Les brins ployaient délicatement sous ses pieds comme des petites langues.

À ce moment du récit, Jocelyn roula sur le ventre. Il fit bouffer son oreiller qu'il cala sous sa poitrine, en s'appuyant sur ses coudes.

La fraîcheur matinale montait dans les longues jambes de Jalia.

Le terrain descendait en pente douce vers un cours d'eau claire. Des montagnes, on entendit le cri d'un faucon. Là-bas le ruisseau bruissait. Chaque écueil provoquait le trouble de l'eau qui parlait seule en longs babillements, en tourbillons clapotants, en glouglous sonores.

Jalia venait l'entendre parler. Elle voulait entendre la parole amoureuse du ruisseau.

La douceur du récit s'empara du ventre de Jocelyn.

Au bord de l'eau, elle releva son sari au dessus de ses genoux. Jalia sentit le souffle du ruisseau dans ses jambes. Elle s'agenouilla.

Devant elle, l'eau dévalait gaiement dans les galets gris. La berge s'hérissait d'herbe dense. Jalia s'avança. Elle voulait toucher l'eau. Quel son produirait sa main dans l'eau ?

Il fallait se pencher un peu. Sa natte roula par dessus son épaule et plongea dans l'onde. Jalia rit. Elle tendait sa main pour toucher l'eau. Elle s'aida de l'autre main en agrippant une touffe d'herbe.

Derrière les frondes d'une fougère arborescente, Jim retenait son souffle.

Un bourgeon
    Le premier
        Le seul
Le vert est partout
    Il y a du rouge aussi
 L'éclosion farouche
      Jaillissante
Fait trembler le monde
 Fait trembler la forêt
Les branches se penchent et s'allongent.........
Le duvet de l'herbe moutonne sous l'air les parfums
Les chants mélodieux
      mâles et féminins
           pas monotones   de la nature
   Eventent   les projets
      Le désir
      Sur la langue
Au creux   du ventre   on répond
    Et la plante s'accroît grimpe soumet le dormeur
Les jeunes pousses caressent les lèvres chatouillent la
poitrine
    Joie de la respiration coupée   membres entravés
      Pris dans le labyrinthe caressant

Aube rouge et verte je vois le ciel au travers de ta peau
      Tellement douce...
Roule-moi dans ton étreinte   échauffe moi dans la treille
      Sauvage
     de ta bouche végétale
    Des branches comme des bois de cerf
      Berceau certain
    Renard aux pattes de velours
     Tu m'accroches et tu joues

Tu te joues de moi, et tu me regardes
Je suis toute petite !   Mes yeux !   se penchent en moi
Je vois le noir en moi plus rien plus rien qu'une angoisse
L'angoisse poisse
Une angoisse noire
De l'angoisse en pluie noire dégoutte dans mon corps
Si l'angoisse se sert de ce qui sort et me le sert, m'endort
M'asservit sert se vide
La mort meurt
Me tord peur

Dorothea Holz, 2 avril 2003, 1h13 du matin

Une poitrine nue aux deux mamelons amicaux, la ligne du menton et l'oreille piquée d'un bijou vert — je tire doucement sur le lobe, par jeu, pour taquiner. Mais horreur, l'oreille se détache, me reste dans la main...

« Toccotoccotoc. Rrrononkrrr »

— HAaA ! Euh... Oui ? Maman ?

— Eh oh, c'est mercredi ! Debout mon Jojo !, fit la voix de Charlotte étouffée par le bois de la porte. Tu viens prendre le petit déj'ner avec nous ?

— Hhh... Une petite minute !

Jocelyn attendit un peu que sa raideur matinale s'estompe, que son rêve morbide reflue, que son estomac retrouve sa place. Quand ses orteils furent capables de s'agiter souplement, il se leva.

Autour de la table du petit déjeuner, Philippe et Charlotte discutaient avec passion. Il était question de l'Irak et leurs points de vue divergeaient : Philippe pensait que la guerre serait une bonne chose si elle finissait vite, Charlotte annonçait une guerre civile entre chiites, sunnites et Kurdes. Jocelyn n'était pas encore très réveillé. Il s'amusa de voir sa mère échanger un baiser avec Philippe entre deux disputes politiques. Philippe expliquait que la tyrannie ne valait pas mieux que la guerre civile, il s'emportait. Ils prenaient les choses un peu trop à cœur et sur leur visage affleurait parfois l'expression butée qu'ils devaient déjà avoir dans leur enfance.

À un moment, Charlotte fit comprendre à Philippe qu'elle ne supportait pas bien qu'on lui fît un cours sur la notion de liberté. Il y eut un peu de silence. Puis Philippe sembla de mauvaise humeur, Charlotte devint rouge, ses yeux se creusèrent ; elle quitta la cuisine. Ce n'était plus très drôle...

Philippe dit à Jocelyn :
— Eh bin, ça promet... Ta mère t'a dit que ce soir on va voir un opéra à Paris ? On ne rentrera que demain midi. J'espère que ce sera plus détendu...

Tout de même, il est bizarre ce Philippe, se disait Jocelyn sur le chemin du Lycée.

[...]
Que ton poème soit l'espoir qui dit À suivre
Au bas du feuilleton sinistre de nos pas
Que triomphe la voix humaine sur les cuivres
Et donne une raison de vivre
À ceux que tout semblait inviter au trépas
[...]

C'était dans le poème d'Aragon que lui avait copié Dorothea. Quel serait le poème pour ces irakiens en détresse ? Quelle voix humaine pour les tirer des gouffres morbides de la guerre ? La poésie est-elle encore entendue dans ce monde si matérialiste et ombrageux, obsédé de revanche et de divertissement ?

Les pensées de Jocelyn se calmèrent lorsqu'il retrouva Dorothea à l'entrée de Place d'Arc.
— Désolé d'arriver après toi !

— Ce n'est rien… J'ai attendu en musique, fit-elle en désignant un haut parleur. Elle ne s'est pas arrangée depuis hier !

— Haha !

Il la saisit par le bras et l'attira à lui tendrement.

— Les nuits sont trop longues, sans toi, avoua-t-il. J'ai fait un rêve sur toi, mais un peu trop glauque…

Lorsque chacun se fut confié un peu de ses angoisses nocturnes, Dorothea engagea Jocelyn par un tour inattendu :

— Dis… Jocelyn… Ça te tenterait d'écrire pour *Pan ! Le tympan* ? C'est un fanzine musical. Tu pourrais… écrire un petit article, faire une interview d'un groupe orléanais ? — Dorothea souriait avec complicité.

— Euh… Oui, pourquoi pas ? Pourquoi tu me demandes ça ?

— Eh bien, tu aimes écrire… Et mon cousin Darius est au comité de rédaction… Il voulait que je l'aide… Et en plus tu es plutôt calé en musique, je me suis dit que ça pourrait te plaire…

— Oui… pourquoi pas ? Mais pourquoi pas toi ?

— Moi ? Peut-être… Enfin, bon, par contre… c'est bénévole… Vu qu'il est vendu un euro… Et qu'ils n'en vendent pas beaucoup…

— En quoi ça consisterait ? Exactement ? — Jocelyn faisait une moue encore un peu méfiante.

— Pas grand'chose, comme je t'ai dit… Une petite interview de temps en temps. Un article si ça te chante. C'est un fanzine, donc c'est plutôt libre…

— Oui… Ouah. Genre, je serais comme un journaliste ! Mais l'idéal, si je suis d'accord, ce serait que je rencontre Darius.

— Oui. Mais je te préviens, il est un peu spécial, dit Dorothea.

— Bin déjà… Son prénom, quoi ! … Darius… euh… voilà ! C'est carrément un empereur mésopotamien !

— Ou un compositeur français !, s'exclama Dorothea.

— Ah ? Genre, il est connu ? Il fait de la musique, ton cousin.

— Un peu… Non, mais je parlais de Darius Milhaud.

— Ah ? D'accord… Je connais pas…

— Je pourrais te faire écouter, dit tendrement Dorothea. Oh non, en fait, non, ça va pas forcément te brancher...
— Ah... Bon mais, euh... Une dernière chose quand même...
— Oui ?
— Tu m'aideras, un peu, si je dois écrire pour un journal... Et... Euh... Je préférerais que tu sois là quand je rencontrerai ton cousin.

*

Après les cours, Dorothea se saisit de son portable ; elle appela son cousin Darius. À un moment de la conversation, elle se tourna vers Jocelyn :
— Ça te dérange si Darius s'incruste au café avec nous ? Je pourrai te le présenter.
— Euh... Non, non. Pas du tout !
— Merci ! fit elle d'un air enjoué, puis, se retournant vers le micro de son portable, bon ! Tu nous rejoins où tu sais ! OK donc ! À tout de suite !
Elle appuya sur le bouton rouge de son portable, ce qui permit d'interrompre la communication[1].

Et un peu plus tard, après le repas, Dorothea et Jocelyn savouraient un café dans un café[2].
Dorothea s'agitait, disait tout le bien qu'elle pensait de son cousin, et jetait un coup d'œil à sa montre, de temps à autre.

---

[1] Qu'on excuse ce genre de phrase ; on ne peut tout de même pas dignement écrire *elle raccrocha* alors qu'il s'agit d'un téléphone portable... C'est peut-être un peu tatillon... enfin... si l'on pense à tous ces auteurs médiocres qui se contentent de faire *raccrocher* leur portable à leurs personnages. Haha ! Je me gausse, haha ! Ah, vraiment, quelle médiocrité !
[2] Figure de style 'comique' et peut-être un peu ringarde : l'antanaclase. Je suis chaud, là... ça enchaîne...

Lorsque Darius parut, le visage de la jeune fille rosit, ses cheveux courts bouffèrent un peu, et son sourire parvint à une intensité peu commune : ses deux garçons préférés allaient se rencontrer ; pourvu qu'ils s'apprécient !

— Salut cousine ! fit Darius. Bonjour... Donc... Darius...

— Enchanté. Moi c'est Jocelyn.

— Ah ! Voilà ! Aaaah ! Ça me fait trop plaisir de vous avoir tous les deux à ma table !, s'exclama Dorothea.

— Le plaisir est pour nous, fit Darius. Je suis content d'être là. Je sors d'un cours bien *épais*, là...

— Haha !, rit Dorothea.

— Tu fais quoi ?, s'enquit Jocelyn.

— Je suis en DEUG de maths.

— Et alors, ça te plaît ?

— Ça dépend... Des fois, c'est bien *fluide*... Et puis d'autres fois, c'est un peu trop *épais* pour moi...

— Euh... — Jocelyn était un peu hébété par la terminologie de Darius.

— Enfin bon ! C'est pas très intéressant tout ça... Enfin... Ce n'est pas ce qui nous amène ici ! Dorothea m'a dit que ça te tentait de travailler pour *Pan ! Le tympan !* Elle m'a dit le plus grand bien de ton talent. Et comme je connais son talent à elle, tu n'es pas recommandé par n'importe qui !

— Dorothea ne m'a pas encore tellement permis de lire ce qu'elle fait, pour l'instant.

— Oui, non... attends un peu... Que je fasse quelque chose de mieux..., se défendit Dorothea. Je te ferai lire, alors...

— Oh... c'est dommage..., réagit Darius, toi, en général, c'est plutôt *fluide* ce que t'écris... En même temps, le texte que t'as écrit, là, avec l'amant au miel et tout, je comprends que tu ne le lui aies pas fait lire.

— Eh ! — Dorothea envoya un sucre sur son cousin. (Trahison ! Mais c'était le signe qu'il appréciait Jocelyn.) Elle sourit.

— Oah... Ça va, c'est pas non plus trop *épais*..., balbutia Darius.

— Non, non... Je m'en souviendrai..., fit Dorothea, en le menaçant de sa petite cuiller.

Après avoir lié plus ample connaissance et bavardé légèrement, Darius aiguilla la conversation vers le travail qu'il était venu déléguer :

— Bien... En tout cas, si ça te chante, Jocelyn, je peux commencer par te confier un article sur des types carrément, euh... enfin... pas connus, mais bon... Ils ont juste fait des CDs de démo... On peut en trouver dans les petites boutiques de disques d'Orléans et puis aussi il y en a quelques uns dans le bac indépendant à la FNAC. Si tu veux un ordre d'idées, ils ont du en vendre même pas une centaine... Je suis pas super fan, mais c'est plutôt *fluide*, si tu veux... Avec quelques morceaux un peu *épais*, avec un peu de *disto* sur la batterie et la basse. On a déjà passé quelques morceaux à Radio Campus dans une émission de rock... Mais à *Pan ! Le tympan !* ils aiment bien. À toi de te faire ton idée.

— Euh... peut-être... Comment ça s'appelle ?

— *Sulk*, ça veut dire...

— Bouder... Ouais, marrant, pourquoi pas, commenta Jocelyn.

— Leur musique est quand même plutôt originale, *Tortoise* est passé par là... Si tu connais... Tu verras, ils ont l'air sympa — Darius tendit le CD à Jocelyn dont la mine indiquait qu'il ne connaissait pas le groupe Tortoise mais qu'il faisait semblant de connaître.

— Ouah... La pochette... — l'album était intitulé *Sulk it !* Une photo de microphone détruit sur un coussin de velours rouge définissait la démarche artistique...

— C'est du rock instrumental, avec quelques choeurs en fond, sans paroles. Au moins, ça évite un mauvais chanteur et des paroles en anglais foireux.

— OK, j'imagine le genre. Un peu rock progressif...

— Voilà... Bon. Je t'ai apporté du matos flambant neuf. C'est pris sur mes économies, *check this out* : *zeu* dictaphone.

— Ah oui, ça peut aider..., apprécia Jocelyn, les yeux rivés sur la machine argentée dotée d'un micro rond comme un mamelon que Darius sortait de son étui noir.

— Si c'est pas *fluide*, ça, hein ?

— Ouais, c'est excellent, fit Jocelyn en le prenant en main. J'aime bien ! Il fait son poids. Bien *épais*, le truc !

— Haaaaah ! T'as pigé !, s'esclaffa Darius.

Au bout d'un moment, Jocelyn laissa Dorothea en tête à tête avec Darius pour aller passer la fin d'après-midi chez son copain Sebastian. Ils se retrouveraient le soir pour manger ensemble au restaurant.

Jocelyn analysait avec son bon copain la rencontre avec Darius :

— Tiens, tout à l'heure, j'ai vu le cousin de Dorothea ! Il est bien *space*... comme mec.

Jocelyn buvait un verre de cola dans un fauteuil moelleux du salon de son copain ; ce dernier lui faisait face, une bière à la main.

— Ah oui ? Quel genre ?, s'enquit le garçon à la bière dans la main.

— Euh... Plutôt dans le bon sens du terme. Assez difficile à définir, il est unique. Notamment sa façon de parler.

— Ah bon ? — Sebastian s'avança dans son fauteuil.

— Euh... si tu veux... mettons qu'il a une vision très personnelle du monde et celle-ci s'exprime par le langage.

— Ah oui ?...

— Il semble qu'il distingue deux principes en ce monde : il y a des choses *épaisses*, et d'autres sont *fluides*.

— Euh. Ouah... je ne comprends pas trop, fit Sebastian interloqué.

— Par exemple, il va dire de tes fauteuils qu'ils sont bien *épais*. Il dira ça de la cuisine de ta mère aussi. Ensuite, il appréciera un coca bien *fluide*. Et euh... il dira que ta sœur est *fluide* aussi bien...

— Et moi, je suis *épais* ? C'est étonnant, oui. C'est marrant, même ! C'est un genre de dichotomie, un schisme ? Le monde se partage entre ce qui est épais et fluide, c'est ça ? C'est comme le bien et le mal dans le manichéisme.

— Non, non, non... Pas vraiment, ce serait plutôt un genre de dualisme. Un peu comme le manichéisme, tel que Mani l'a professé à l'origine (C'est ce que j'ai lu dans *Les Jardins de lumière*, d'Amin Maalouf), c'est-à-dire deux principes présents ensemble plus ou moins en chaque chose. Si tu veux, ces deux principes apparemment opposés ne le sont pas complètement : un mur est épais, l'eau est fluide, la crème au chocolat est à la fois épaisse et fluide, fluide quand elle coule dans ton œsophage, par exemple.

— Depuis tout à l'heure tu parles de bouffe... Tu veux qu'on se fasse un goûter ?

— Euh... Ouais, j'veux bien. Si tu as un petit truc à grignoter — Jocelyn agrandit un peu ses yeux en forme de requête.

— Donc, plutôt un truc *fluide*...

— Ouais, par exemple...

— Ou *épais*, aussi bien, il y a des petits gâteaux au chocolat.

— Ah ouais, aussi bien...

Ils se dirigèrent vers la cuisine.

— Vu ta bonne humeur, on dirait que ça se passe bien, alors, avec Dorothea.

Sebastian voulait savoir quel effet cela faisait à son ami d'avoir une copine. Il y avait longtemps qu'il l'avait vu au bras d'une fille : la fin du collège... Soraya... qu'était-elle devenue celle-là ? Depuis qu'elle était au Lycée Benjamin Franklin, voisin du Lycée Pothier, ils ne l'avaient plus vue...

— Oui, c'est vraiment bien, avec Dorothea... On s'entend bien... Elle aime la musique, et elle me fait découvrir plein de trucs.

— C'est une fille sympa.

— Dorothea, c'est une crème... Elle est gentille comme tout...

— C'est ce qu'on recherche avant tout : se sentir à l'aise avec la fille qu'on aime, dit Sebastian songeur. Puis elle en a dans la tête, en plus...

— Oui, j'ai l'impression que je peux parler de tout avec elle.

Sur ces mots de Jocelyn, Solange fit son apparition dans la cuisine. Elle sortit du réfrigérateur un yaourt aux fruits dont elle lécha l'opercule doucement, en fermant un peu les yeux (après ouverture, bien sûr...) ; je crois même que Jocelyn put voir le bout de sa langue charrier un morceau de fruit dans sa bouche.

— Ne vous interrompez pas pour moi, dit-elle, innocemment, vous parliez de quoi ?

— On parlait d'amour, fit Sebastian.

— Rien que ça ? Et vous disiez quoi ?, les interrogea Solange.

— On convenait que l'essentiel, c'est de se sentir bien avec la personne aimée..., dit Sebastian.

— Haha ! Mais qu'est-ce que vous faites du désir ?, l'interrompit-elle. Ma parole, vous devez être mollassons en amour...

— Non ! Bien sûr que non !, intervint Jocelyn, blessé dans son orgueil. Mais il faut s'apprivoiser. L'amour c'est avant tout une rencontre : il y a des rencontres réussies, d'autres sont ratées ; c'est aussi une question de caractère.

— Héhé, tu parleras toujours comme ta mère, Djo', dit Sebastian.

— Ah ?... Ah bon ? Oui, t'as peut-être raison... Tiens au fait, elle est pas là, ce soir... Elle est partie deux jours à Paris, avec Philippe...

— Donc, pour être un peu *épais*, ce soir, toi et Dorothea... Rrrrou..., ronronna Sebastian ce qui eut pour effet d'intensifier le regard de Solange.

Puis, intéressé malgré lui par les amours de Charlotte, la si jolie maman de son copain :

— Mais... À propos de Philippe... C'est l'ami de ta mère, c'est ça ? Tu l'aimes bien ?

— Euh... Oui, je l'aime bien.

— Et tu le connais bien ? Parce qu'il a pas l'air souvent là... Vous discutez souvent ensemble ?

— En fait, il y a un peu un problème... Je ne sais pas trop ce qu'il fait, au juste... Il est si peu là...

— Ça fait combien de temps qu'il sort avec ta mère ?, demanda Sebastian.

— Deux ans...

— Ouais, bin faut quand même se méfier, intervint Solange, c'est peut-être un mystificateur !

— Un... Un mystificateur ? Qu'est-ce que tu racontes ?, s'étonna Jocelyn.

— Un mythomane qui raconte des histoires..., précisa Solange.

— Et quelle raison Philippe pourrait avoir de s'inventer une vie ?

— Il y en a plein ! Il a peut-être honte de sa façon de gagner de l'argent... Il a peut-être une autre famille dans sa vie... C'est peut-être un agent secret. Ou un criminel qui vit sous une fausse identité. Tiens : ta mère, elle est très riche... Elle a hérité d'une grosse fortune..., insinua Solange.

— Euh...

Jocelyn avait le souffle coupé ; c'était ridicule cette histoire, inimaginable, absurde ! Un mythomane ?... Quelle idée ! C'était tellement cliché... Non, impossible...

— Non, ça ne m'était jamais venu à l'esprit.

— Solange se méfie parce que son dernier copain lui a fait croire pendant un an qu'il était journaliste, qu'il gagnerait bientôt des sous... Il lui montrait des articles, mais c'était des articles d'un homonyme... Elle est devenue parano !

Sebastian se prit un coup de yaourt sur la tête, une goutte rose atterrit dans ses cheveux.

— Ah ! C'est malin !, rumina-t-il.

— Petit rigolo... Mais les mythomanes, c'est beaucoup plus répandu qu'on le croit ! Le nombre de mecs, le nombre de filles qui se font des films... qui te racontent qu'ils ont fait ci, et ça... Qu'ils sont sortis avec untel, qu'ils vont avoir un contrat dans telle boîte... En fait, j'crois tout simplement qu'il faut se méfier des types un peu trop fiers. L'orgueil, ça fait dire des conneries... et après, ça les empêche d'admettre leurs bêtises... Parfois, il y en a un qui sera prêt à tuer toute sa famille pour pouvoir garder sa fiction intacte, fit Solange en brandissant le CD de *Sulk*. Tiens, par exemple, les mecs de ce groupe, il y en a un qui était au lycée avec moi... Alex... Quel gros mytho prétentieux, çui-là...

Les deux compères se retenaient de rire face à l'argumentation de Solange. C'était plutôt rare de la voir si sérieuse et si passionnée. Ils se retinrent : ce n'était pas le moment, et puis son yaourt constituait une arme redoutable.

Jocelyn tira de son sac le dictaphone prêté par Darius, cela fit une agréable diversion. On réalisa de fausses interviews. Jocelyn interviewa Solange sur les mythomanes. Elle s'amusa à grossir le trait, à en faire une conspiration d'extraterrestres capables à tout moment de nous faire basculer dans l'absurde sous-monde des vies parallèles. Ce fut très drôle. Solange montrait une aisance impressionnante face au micro. C'était quand même, passé l'éblouissement physique, une fille étonnante.

Le soir même, dans un pittoresque restaurant méditerranéen de la Rue de Bourgogne (une rue piétonne perpendiculaire à la rue Royale, reliant les halles à l'est de la ceinture de boulevards ; une rue bondée de restaurants de toutes sortes ; une rue encore sombre en cette année 2003, avec de vieilles maisons et tachetée de lumières glauques), Jocelyn mangeait en compagnie de la jolie Dorothea grâce aux sous que lui avait laissés sa maman. Ils dégustaient des *pikilias*, un assortiment de crudités grecques. Derrière eux, la voix tonnante du patron les fit sursauter :

— ENTRE ! TOI ! AVEC TA COPINE !

Ils se retournèrent pour voir entrer un homme d'une cinquantaine d'années accompagné d'une bourgeoise des mêmes eaux, à la tête enchoucroutée de cheveux frisés ; une ombre d'inquiétude s'attardait sur leurs visages. Passé le moment de stupéfaction et d'indécision, le couple longea une frise murale qui représentait une bacchanale du goût le plus douteux, aux couleurs les plus criardes.

— Asseyez-vous, mon prince, fit le patron obséquieux à l'adresse de l'homme.

Ils s'assirent dignement ; la femme se rengorgea un peu. Jocelyn et Dorothea échangèrent un sourire : ils savaient à l'avance les blagues que ferait le patron... Une fois que le couple eut commandé les plats dont le patron avait détaillé la liste pour toute la salle — « rouge ou rosé ? », souffla Jocelyn à Dorothea. — « ROUGE OU ROSÉ ? », clama le patron. « Mmh, de l'eau s'il vous plaît, fit l'homme. » « Minérale ou municipale », chuchota Dorothea. « MINÉRALE OU MUNICIPALE ? — Minérale, hein ? mon chéri..., dit la dame enchoucroutée... » « Pffff !», pouffèrent à l'unisson Jocelyn et Dorothea.

Le patron avait un visage gras, des yeux globuleux et le bas du visage grisé d'une barbe toujours naissante. Ses yeux étaient inexpressifs mais sa bouche était toujours un peu bougonne. Il portait un gilet noir de serveur sur une chemise presque blanche, en souvenir de ses années parisiennes, certainement. Sa main potelée venait invariablement se planter dans la poche à monnaie du gilet, sur son ventre ballonné ; elle en sortait pour vider arbitrairement les bouteilles de vin dans les verres des convives selon une technique sophistiquée où la bouteille subit un retournement acrobatique sans qu'aucune goutte ne s'échappe de la trajectoire supposée ; puis, la main se saisissait d'un stylo, et l'homme exultait : « LA SŒUR OU LA DEMI-SŒUR ?! », sous l'œil étonné des clients avant de griffonner l'ardoise à même la nappe en papier de la table.

Jocelyn et Dorothea *riaient sous cape.*

Soudain Jocelyn cherche dans son sac à dos, se redresse :

— Merde ! J'ai oublié le dictaphone de ton cousin chez Sebastian...

— Ce n'est pas grave ! T'auras plein d'occasions d'aller le reprendre demain ou après-demain ; ou sinon tu demanderas à Seb de te l'amener.

— Oui, faut prendre les choses avec plus de *fluidité*...

— Haha. Pfffr..., gloussa gentiment Dorothea.

Sur les vagues moelleuses de la couette de Jocelyn, ils se laissaient griser par le parfum dans le cou de l'autre ; ils se recroquevillaient l'un sur l'autre, en boule tendre et câline. Leurs doigts se croisaient, se décroisaient ; parcouraient le visage de l'autre. Dorothea soufflait un air chaud sur la poitrine de Jocelyn qui frissonnait et arrondissait ses yeux, fixait la flaque obscure et lumineuse, des cheveux presque rouges de Dorothea. « Dorothea, Dorothea... » La main de Dorothea sur le ventre, il se sentait au comble de l'excitation. C'était pour ce soir... Ils étaient seuls, personne ne viendrait les déranger. Jocelyn en avait tellement envie...

Et Dorothea semblait allonger le temps, le distendre, mais il passait plus vite que tout, le temps, c'était à n'y rien comprendre, et son sexe tendu lui faisait presque mal... Et Dorothea plaquait son sexe à elle sur la cuisse de Jocelyn, il sentait la chaleur de Dorothea, sa douceur ; son cœur battait à tout rompre. Il y avait des préservatifs à portée de main. Mais on pouvait lire de l'inquiétude dans les yeux de Dorothea...

Brusquement, elle se raidit, s'éloigna un peu et dit :

— Non, Jocelyn... Je vais... Je vais rentrer chez moi, en fait... Il est tard... et le lycée tôt demain...

Dans la bouche de Jocelyn, il y avait une triste amertume.

Il entendit les pas de Dorothea s'éloignant. Ça résonnait sous les arcades de la rue Royale. Que faire ? Une telle chance ne se reproduirait pas de si tôt ! Il allait peut-être se masturber en pensant à elle, religieusement...

Il se planta devant la télévision, pour apaiser son état nerveux, mais rien à faire... Une bimbo minaudait sur l'écran, caressait les cheveux d'un surfeur musclé. BWAH !

Brusquement, la sonnette le fit bondir : Dorothea ?! Il courut à l'interphone : c'était Solange, pour le dictaphone.

Il lui ouvrit ; c'était bizarre de la voir entrer chez lui. Bizarre aussi que ce ne soit pas Sebastian qui lui apporte l'appareil.

— Ouhlàlà. Je suis désolée... Je me disais... je me disais tu en as peut-être besoin pour écrire ton article ? — c'est peut-être demain — non, puis j'étais là, dehors... De toute manière, j'avais besoin de m'aérer la tête... J'avais peur de te réveiller ou de vous déranger avec Dorothea... Oh... mais... elle n'est pas là ?

— Euh, non mais...

— N'importe quoi, moi... Je suis folle... Jocelyn, putain je comprends pas pourquoi... Je n'arrête pas de penser à toi, ça me rend dingue cette histoire...

— Quoi ? Mais qu'est-ce que tu racontes ?

— Pardonne-moi... Je suis pire qu'une gamine ces derniers temps... Je ne sais plus ce que je fais...

Elle enfouit son visage humide, c'était étonnant et frais et agréable, dans le cou de Jocelyn. Il se sentit basculer au dessus de son corps mince, souple, le cerveau pris d'un vertige délicieux, dans un sentiment d'ivresse divine et incontrôlée.

— Jocelyn, s'il te plaît. Il faut que je sache...

Elle le poussait doucement vers sa chambre.

— Mais, D..., balbutia-t-il.

— Chut..., murmura-t-elle, et l'embrassant. Personne n'en saura rien. Je suis juste passée te rendre le dictaphone...

Le sexe brûlant de Jocelyn aurait admis n'importe quel alibi... Elle se déshabilla si vite ! Elle lui souleva son T-shirt de nuit, un T-shirt publicitaire de La République du Centre, et déjà elle plaquait sa poitrine contre lui. Il faisait chaud soudain dans la chambre de Jocelyn. C'était étouffant. Elle était nue, tout contre lui.

Mais, au milieu de tant de sentiments et d'émotions, dans un sursaut, il parvint à se dégager avant de partager une intimité plus accomplie. Et tous deux étaient encore subjugués par un sentiment d'irréalité.

— Pardon, pardon..., fit-elle, cherchant à reprendre le contrôle de ses sens. Oh... N'importe quoi...

— Non, c'est moi !

— Ohlàlà, c'est ridicule... Hhh !

Un hoquet brutal et des sanglots pathétiques s'emparèrent de Jocelyn, qui tomba à genoux. Solange était mortifiée ; elle se rhabilla rapidement.

— Désolée... Je suis... mais *tellement conne* !, elle lui tendit la main pour l'aider à se relever.

— Non...

Solange détourna les yeux, retourna seule vers l'entrée et s'enfuit dans la ville froide, la main droite plaquée sur la bouche et hurlant dans son cœur *Je suis conne ! Mais c'est pas permis d'être aussi conne !*

Le dictaphone gisait dans son étui sur le seuil de la chambre du garçon.

Cette nuit, longtemps à sa fenêtre ouverte, Jocelyn fuma des cigarettes ; son estomac le brûlait (mais peut-être n'était-ce que la cuisine méditerranéenne...) ; il écoutait la Loire développant sa longue phrase limoneuse en contrebas.

Puis il enclencha le dictaphone pour écouter les sketches qu'ils avaient enregistrés l'après-midi. Pourquoi faisait-il ça ? La souffrance de la culpabilité s'enflammait. Il en pleurait. Solange répondait à ses questions, il saisissait dans ses réponses toute la qualité de son jeu de séduction : sa voix terriblement érotique, la tension de son esprit tout entier cherchant l'humour malicieux, le trait d'esprit séduisant. Les deux voix là-dedans se croyaient si malines... Pas de quoi être fiers, ils avaient tout gâché.

À la troisième écoute, il se mit en outre à presque croire les suppositions inquiétantes de Solange sur l'ami de sa mère... Serait-il capable, lui, de mentir à Dorothea ? Non, c'était tellement choquant, cette intimité avec une autre... On ne pouvait pas cacher un truc pareil. Et... Pourtant... Comment font tous ces maris qui trompent leur femme ? Putain, c'est trop con. Il vaudrait mieux être autre chose qu'un humain, c'est tellement douloureux, cette merde sentimentale... Il sentait son cerveau à la dérive, empli d'un mélange de drogues émotionnelles. Une violence sourde lui montait au cœur.

Cette même nuit, Jocelyn fit le rêve atroce de sa mère enfermée dans une pièce lugubre d'un appartement parisien vide, intoxiquée, mourante. Se dressait la masse imposante de Raphaël, ses avant-bras puissants. Soudain, le placide Raphaël, lui si complice dans les conversations, dans le partage de la culture, devint méconnaissable. Il lui lâcha un coup de poing brutal, de toute sa hauteur, de tout son poids, par le côté, dans le cou. Jocelyn se sentit sonné, démoli. Raphaël se mit à lui lancer de grands coups de pieds. Il lui disait :
— Ferme donc ta p'tite gueule de prétentieux ! Minet ! Hypocrite ! Intello minable ! T'es pire que moi !

*

Je suis le dictaphone.

Je suis un modèle de marque Olympus, monté en 2002 dans une usine chinoise qui ne sentait pas la joie de vivre (je m'en rends compte, a posteriori ; je n'étais alors qu'une machine sans maître, un objet sans sujet) et j'ai été sorti de mon sachet de polyéthylène basse densité par un jeune homme appelé Darius. Il m'a tourné en tous sens, a longuement réfléchi, compulsé (à l'entendre) le livret d'utilisateur, puis il m'a actionné avec un excellent savoir faire. Immédiatement, je me suis senti entre de bonnes mains, sûres, professionnelles. Je lui suis par ailleurs reconnaissant d'avoir ajouté quelques mégas à ma mémoire initiale. Ce garçon à la voix agréable m'a fait entendre et mémoriser des sons agréables : écoulement de l'eau, divers sons d'instruments, concerts. C'est un bon maître et j'espère de tout mon cœur ne jamais le décevoir. Il m'a appris les deux mots qui sont la base de ce que doit maîtriser un bon dictaphone : « fluide » et « épais ».

Aussi, c'est avec une certaine appréhension que je suis passé entre de nouvelles mains, avec toutefois l'assurance que c'était temporaire, celles de ce Jocelyn.

Il faut, je crois, ici préciser comment j'appréhende ce qui m'entoure et donner ainsi à comprendre les limites de mon point de vue. Mon intelligence est certes un peu bornée. Mais je suis doté de deux organes sensibles, le micro, qui surgit hors de moi pour saisir le monde et le haut-parleur qui depuis mon ventre reproduit les messages conscients de ma mémoire virtuelle. Ces organes sont sensibles même quand je suis éteint, ne l'oubliez pas ! À tout dire avec précision, ainsi hermaphrodite, doté des membranes mâles et femelles, doté aussi de tout un système électronique intérieur, je suis également affecté par les vibrations, même celles que vous ne pouvez percevoir ; je ressens tout aussi bien les différences de température,

110

d'humidité ! Je le sens par toutes sortes de poids sur mes deux organes, par tous types de variations de ma circulation micro électrique. Seulement, je concède que je ne puis voir, ne puis goûter, ni ne puis sentir les odeurs. Pour le reste, épaisseur et fluidité des sons, épaisseur et fluidité des vibrations, je ne me sens en rien limité.

Plusieurs fois en deux jours, je fus sorti de mon étui pour répéter les paroles de « Solange ». Ces séances tout à fait sensuelles par leur moiteur, leurs vibrations délicates, fébriles, infimes et secrètes créèrent un lien particulier entre l'objet que je suis et le sujet agissant Jocelyn. Je ressentais une tension d'attirance et de répulsion entre nous, quelque chose que je n'avais encore jamais ressenti. La douce vibration que cette voix imprimait à la membrane de mon haut parleur ; la sueur qui émanait de Jocelyn, son chagrin fébrile : cela procurait une impression bizarre d'excitation et de malaise. C'était intéressant, mais après ces deux jours il me tardait déjà de retrouver le contact plus impersonnel de mon vrai maître Darius.

Puis, c'était un samedi, mon horloge indiquait quinze heures sept (je suis certain que telle était l'heure juste puisque c'est mon maître Darius qui me l'avait programmée), je fus fourré dans mon étui et, consécutivement, à l'intérieur bringuebalant d'un sac à dos. J'y entendais, au rythme de la démarche de Jocelyn, le frottement de divers papiers ainsi que des stylos roulant les uns contre les autres à l'intérieur d'une trousse qui venait battre un peu douloureusement contre mon étui.

Dans les minutes qui suivirent, on monta dans un bus. Je tiens à préciser qu'il y a peu de choses plus désagréables pour moi que les vibrations d'un bus dont le moteur débraye. À tout le moins étais-je un peu préservé de ces tressautements par l'amortissement du corps de Jocelyn, des courroies de son sac à dos et de mon fidèle étui. Ce petit supplice dura vingt bonnes minutes. Puis l'on marcha un peu, sur un trottoir d'abord, dans un chemin de gravier enfin : le rythme de la marche suggérait que l'on arrivait à destination.

Des coups à une porte. Saluts échangés, présentations, puis enclenchement de ma mémoire enregistreuse :
Nicolas :
— Je suis le batteur. C'est un peu moi le fondateur et le leader du groupe. (Voix grave, traînante, hésitante.)
Stéphane :
— J'fais de la guitare folk sur la plupart des morceaux. Parfois aussi la guitare classique, les arpèges... (Voix un peu nasale, manque de *fluidité*, ennuyeuse.)
Alexandre :
— Bin moi, j'apporte la qualité de mes solos à la guitare électrique.
(Voix aigrelette, en équilibre instable.)
Manu :
— J'suis le clavier. (Belle voix, mais qui manque un tantinet d'*épaisseur*, de présence.)
Stop.

Ils se sont installés dans une pièce à l'acoustique bien différente : un studio artisanal. Son adouci, réverbération atténuée.
Enregistrement.
— On a installé tout ça chez mes parents, dit Nicolas. J'ai une formation d'ingénieur du son... J'essaie de compléter petit à petit mon matos...
La suite de son discours est tout à fait remarquable pour l'outil sonore que je suis : détail précis de l'ensemble de l'installation d'enregistrement. Je me sens bizarrement primitif. Ou simple. Moi, je suis mobile, sobre, élégant. Fluide.

Dans son interview, Jocelyn tente maintenant de faire dire aux différents musiciens ce qui les pousse à créer de la musique. Il s'intéresse aux sentiments qui les animent pendant les répétitions.

Manu, le claviériste dit des choses passionnantes sur les images qui lui viennent quand il joue. Ceci lui vient de son professeur de musique qui lui demandait de visualiser, quand il jouait, des analogies entre ses doigts et, par exemple, la marche d'un soldat, le trot d'un cheval, les bonds de l'eau vive d'un torrent...

Mais les autres musiciens semblent vouloir l'interrompre. Le ton des voix me semble gêné par quelque chose, obstrué. L'atmosphère s'est encore épaissie. Nombreuses vibrations contraires. Occlusions de paroles inabouties. Un peu d'agressivité dans les intonations.

— Manu, il peut parler des heures de n'importe quoi. Le lance pas sur Dieu, par exemple ! Il y croit à mort..., fait Alexandre.

— Haha, ouais, mais normal : ses parents sont bourges, complète Stéphane.

Grondements.

Diversion : Jocelyn leur demande quelle part d'instinct entre dans leur musique et quelle part d'inspiration ont les autres groupes sur eux.

En définitive, l'interview suit un chemin saccadé, parfois désagréable, mais Jocelyn semble satisfait des réponses, il paraît petit à petit soulagé. Finalement, l'épaisseur de l'atmosphère se dilue, les mauvaises fréquences s'harmonisent. L'intensité des échanges diminue.

Soudain, une sonnette se fait entendre.

Stop. J'entends, en off.

— Aah, enfin, c'est pas trop tôt, dit Alexandre.

— Voilà *Gaby, l'ami des tout petits*..., fait Stéphane.

Des pas lourds, des exclamations, au loin. Puis une voix lourde, épaisse, grondante :

— Alors c'est là qu'vous bossez. Haha, c'est miteux ! Ah ! Krari les boites à œufs sur les murs ! Vous faites de la musique de fermiers, là ? Haaah !

La main de Jocelyn autour de moi s'est brutalement crispée. Elle est devenue moite.

— Et toi, t'es qui ?, fait la voix de *l'ami des tout petits*.

— Euh... Bonjour. Moi, c'est Jo... Jocelyn.

— Fouh ! Fouh ! Haaah ! Bien ! T'as esquivé mon *kumi kata* ! Vas-y, fait pas ta chienne, j'vais pas t'manger ! Moi, c'est Tariq, tu vois.

— Ou... Oui... Salut, Tariq.

— Eh, les mecs, c'est qui c'te *bolosse* ? Eh, c'est un gamin ! Vous allez lui faire faire une *toutour* entre vous, les pédés ?

— Il est venu nous interviewer...

— Ah ouais ? Genre vous êtes connus ? Ouahaha ! Oh, putain, les mecs... Vous m'faites trop goleri. C'est une interview pour un journal du lycée ? T'es d'où ?

— ...

— Vas-y ! Réponds quand j'te parle !, beugle Tariq.

— Du lycée Pothier...

— Eh... En fait, t'sais quoi ? J'm'en bats les couilles... J'm'en bats les couilles de ton bahut d'bourges.

— Bon euh... Tariq... Tu nous as apporté quoi ?, tente Nicolas.

— Toi, tu m'interromps pas quand j'parle..., suggère Tariq. J'ai un peu l'temps d'me poser, non ? Y a pas qu'le biz dans la vie...

La main de Jocelyn me transmet d'inquiétants tremblements.

— Tiens, fais voir ça, dit Tariq en m'arrachant des mains de Jocelyn.

Poigne brutale tout à fait moite également, parcourue de tics à grand peine réprimés. Énergie rageuse, pulsations morbides qui me parlent de destruction, de télécommandes jetées à travers la pièce... Des mains meurtrières d'objets.

— Non, attends... C'est pas à moi..., lâche Jocelyn.

— C'est bon, laisse-moi jeter un œil, fait Tariq.

Tout autour, ils retiennent leur souffle, j'entends leur présence impuissante, douloureuse — les mots qui ne sortent pas des bouches. La peur d'un groupe face à une brute seule ; la peur de l'eau trop fluide face au rocher trop épais.

— Par exemple, ça fait quoi si j'appuie ici ?

Il enclenche l'enregistrement.

—Viendonclafissdeput'kej't'éclatetaputaind'facedeptitelopsa. SituveurécupérétonnèMPétroi, takasucé !

Puis il appuie sur le bouton lecture et fait vibrer ma membrane de sa voix râpeuse :

—*Viendonclafissdeput'kej't'éclatetaputaind'facedeptitelopsa. SituveurécupérétonnèMPétroi, takasucé !*

Il m'agite en l'air et il fait :

— Haaaaah ! Excellent ! Rrhaï !

— S'il vous plaît..., tente Jocelyn.

— T'as entendu le message ou quoi ?, fait Tariq.

— Ouais, *j'ai qu'à sucer*... Ouais... J'ai entendu, merci. En bref, tu me fais du chantage...

— D'où qu'j'te fais du chantage ?! D'OÙ QU'J'TE FAIS DU CHANTAGE !, s'écrie *l'ami des petits*.

Chambard, cris. Dans le raffut, j'entends le râle de Jocelyn qu'on étrangle.

— Tu m'parles pas comme ça ! Tu m'dis pardon..., grogne Tariq. Et tu baisses les yeux.

— Hh !...

— Tu baisses les yeux, j'ai dit ! Dis mon nom !

— Tt...ah... Rrhk.

— Voilà, du *respect*. Dis « pardon » ! Non... Attends...

— Hhrh...

— Dis « pardon, monsieur Tariq ».

— P...hhh... Pardon monsieur... Ne me tuez pas...

— « monsieur Tariq »... Eh mais j'rêve pas ? Ah ouais, t'es bien en train d'chialer... Hahan, tu fais trop *tièp*...

Un brusque claquement : une gifle. Jocelyn souffle un peu. Je l'entends se rasseoir, frotter sa joue.

— Bon, j'vais rouler des *oinjs*... C'est quand même pour ça qu'j'suis v'nu, hein ?

— Haha... Ouais, fait Alexandre.

— Toi, l'*bolosse*, tu restes, le temps que j'sache si j'te r'donne ton truc... Tu fumes ? Allez, faites moi écouter vot' ziq... pendant que j'bosse.

Une cymbale discrète, étouffée par un léger souffle. Elle se réverbère ponctuellement. Sur cette nappe légère, vient s'agglutiner un roulement de toms aux peaux sonores, et c'est comme la formation de nuages d'orage. Le frottement boisé de la guitare sèche force le rythme délétère en une lente saccade. Fulgurances claires, des notes distordues traversent l'orage tandis qu'éclosent les harmonies d'un clavier humide...

— Vazi-là, arrête moi c'te daube, c'est pas que c'est vraiment nul hein ?... Mais on a l'impression qu'il va jamais se terminer, votre morceau... Ha ! Ça m'fout les boules... Krari, c'est quoi en fait c'te zique ? C'est même pas du rock... Sinon, p'têt' pour un film, vous avez jamais pensé à proposer ça à un producteur de films ? Je peux vous présenter, hein ? J'connais un type à France 3 Région Centre. Hahaha... Votre zique sur un reportage de France 3 !

*

— ...c'était ma première interview. Et puis on peut pas dire qu'ils me prenaient au sérieux... En plus, après c'est parti en sucette, j'ai eu les boules de ma vie...

116

— Ah ouais ? Merde... Mais c'était une bonne expérience, quand même ?, fait Dorothea en se mordant légèrement la lèvre.

Depuis plusieurs jours, elle ne parvient plus à se sentir à l'aise avec Jocelyn. Elle le sent maussade, stressé.

Ils discutent assis sur son lit à elle. Jocelyn a insisté pour qu'ils se voient plutôt chez elle, maintenant. Il n'ose pas lui dire, pour Solange. Ce truc entre eux, ça pollue tout, ça salit les mains, lesquelles auraient envie de démontrer tant de tendresse à sa belle amie... Et puis il garde de sa récente interview un souvenir d'angoisse intense, un stress qui se prolonge indéterminément, une perpétuelle trépidation des nerfs. Le mec l'a carrément étranglé, comme ça, par jeu. Et aucun garçon du groupe n'a osé bouger. Mais ce moment où il avait cru que Tariq allait le tuer lui avait permis de sentir qu'il s'accrocherait toujours, qu'il ne supportait pas les impasses, les fins vides, les lâches échappatoires.

De son côté, Dorothea ne comprend plus rien, elle a peur de l'avoir déçu à ne pas vouloir faire l'amour. Elle se sent coupable mais aussi un peu en colère contre lui.

— C'était une drôle d'expérience, ça aurait pu être cool, mais tout est parti en sucette..., dit Jocelyn. À la fin de l'interview, il y a le mec cheulou de La Source qui s'est pointé... Tariq. C'était super tendu. Il m'a étranglé pour des conneries. Putain...

— Aïe...

— Déjà que les mecs du groupe se marraient pas trop... Le mec, un vrai connard, un pervers... Par exemple, il a pris un malin plaisir à sortir un cran d'arrêt pour couper dans son pain de résine de cannabis. Son couteau, il avait pas taillé que du teuch, je pense... Et là, il leur demande s'il peut écouter des morceaux, des compos, leur musique en fait. Mais pas poli, plutôt comme un ordre. Mais direct ça lui plaisait pas. Il se foutait de leur gueule, tu voyais bien. Incapable de comprendre autre chose que ce qu'il entend d'habitude. Ambiance « c'est d'la merde votre truc... » Il leur a balancé des commentaires de connard.

Pendant ce temps, il jouait avec son cran d'arrêt. Il leur disait « et vous croyez sérieusement qu'on peut faire de la thune avec ça » ? Les mecs, tu sentais que ça les gavait...

— Euh, j'imagine l'ambiance... Et toi ?

— Eh bin moi, j'ai à peine eu le temps de comprendre qui j'avais en face de moi, en un clin d'œil, j'étais devenu la tête de turc. Genre j'étais un gamin, je pouvais pas être journaliste. Il me lâchait pas, il voulait voir si j'essaierais de me défendre, ou même, si quelqu'un oserait me défendre... C'était hyper violent... Tiens, j'ai même cru qu'il allait détruire le dictaphone de ton cousin juste pour le plaisir de m'faire chier. Après, il voulait me faire fumer son truc, moi je voulais pas lui devoir quoi que ce soit... Et les mecs du groupe étaient pas nets... Personne pour lui dire d'arrêter. Moi, j'étais trop mal, je savais pas comment le calmer. J'avais la tête en vrac, le trac de l'interview juste avant. J'étais incapable de penser. Je voulais juste survivre. Je me sentais tellement lâche et minable... Et puis, il est pas comme certains mecs qui se la pètent mais avec qui tu peux la jouer sympa... Juste, ça lui plaisait d'être méchant, détesté, craint.

— Oui, je vois bien...

— Mais c'était horrible comment il a joué avec moi avec le dictaphone. Ouais, au début soi-disant il voulait juste *jouer avec*... Putain... j'ai dû négocier pendant presque une heure pour pouvoir repartir avec le dictaphone...

— Je comprends pas qu'un tel connard puisse exister..., tenta Dorothea. Mais je te sens tellement mal... T'as été choqué, non ?

— Ouais, ça doit être ça...

— Mais ça va passer, tu verras. Faut te changer les idées... Mon pauvre Jojo... D'ailleurs, on a organisé un séjour, en Sologne, dans la maison de famille de Florence, ça va aller mieux.

Elle prit Jocelyn dans ses bras mais elle sentit la tension qui l'habitait : de l'anxiété, de l'impuissance, de la frustration. Elle ne savait pas comment donner sa tendresse dans ces conditions. Elle ne savait pas faire ça. Quel malaise... Ni lui, ni elle, ne se disaient plus *je t'aime*... Elle, elle n'osait pas car elle sentait qu'il risquait de dire une bêtise. Et lui ? Tout avait si bien commencé, pourtant...

Dans l'étreinte gênée de Dorothea, Jocelyn réfléchissait qu'en s'exagérant les répercussions de son agression, il pouvait un peu atténuer sa culpabilité. Et se les exagérait-il vraiment ? Quand même, c'était normal d'avoir *un stress post-traumatique,* après une situation pareille...

V

— C'est ce week-end que tu pars, non ? demanda Charlotte à Jocelyn.

— Oui, maman. C'est pas loin. C'est à trente bornes d'ici, environ, en forêt de Sologne... C'est une grande maison de famille. C'est à la famille de Florence.

— Florence... C'est Florence qui va conduire ?

— Oui, elle et son cousin Antoine. On ira avec deux voitures...

— Mais... Vous serez nombreux ?, demanda Philippe, levant les yeux de son plat d'asperges.

— Six, je crois... : Dorothea, Sonia, Florence, Antoine, Sebastian et moi...

— C'est bien de pouvoir *squatter* comme ça, à votre âge. Moi, j'aurais adoré !, fit Charlotte.

— Nous, on a fait beaucoup ça, quand j'étais au lycée, lâcha Philippe avant de croquer dans une asperge bien tendre. J'avais mon copain Frank... Ses parents avaient... une belle grande maison en bord de mer ; avec vue sur la Mer du Nord... tu vois ? On allait s'enfiler des bouteilles de la cave. Et il y avait toujours des petits groupes de rock anglais qu'on ramenait d'un bar de Calais, et ils nous piquaient nos copines... Mais dans les années soixante-dix, il y avait un peu une licence sexuelle ; à l'époque, on ne voyait pas d'inconvénients à partager... — Sur ce, il se prit un coup de Charlotte.

— Attention Philippe ! Je suis très jalouse, hein ! Je ne partage pas, moi...

— Oh... quoi ? Je ne vais pas nier non plus que je me suis fait plusieurs dizaines de filles...

— Ah, c'est sûr, t'étais un tombeur, mon cœur... Mais maintenant, tu as trouvé la perle rare !

— Oui, euh... Je t'aime parce que tu as du tempérament. Et puis tu es une des plus jolies avec qui je sois sorti...

— Une des plus... Non, ça ne passe pas ce genre de remarque, mon cœur... Tu vois ? Ce n'est pas drôle, même. Mais qu'est-ce qui te prend, Philippe ?

— Oh, excuse-moi... J'aime t'asticoter, c'est tout...

Jocelyn était atrocement gêné. Il n'était pas dupe de la fausse bonne humeur ambiante, de l'humour hypocrite de Philippe. Un mythomane ? Il sentait que sa mère était triste, au fond, que la situation commençait à lui taper sur le système. Il pensait que les hommes sont souvent des cons avec les femmes, qu'ils agissent égoïstement, sans réfléchir, seule compte leur petite *gloriole*, seule compte leur petit plaisir éphémère... et il se plaçait lui-même en tête des connards, il était un gros con, lui-même, un salaud... Et il voulait l'avouer à Dorothea. Ça lui faisait vraiment trop mal ! Solange... Ce n'était pas tellement la faute de Solange, enfin si, un peu, quand même — mais lui, il s'était trop facilement laissé faire...

Solange plaquait ses seins sublimes contre lui ; Tariq plaquait sa main monstrueuse autour de son cou. Et chaque fois il avait été incapable de réagir. Non seulement sa réflexion, mais aussi sa volonté avaient été anéanties. Comme un lapin devant l'opportunité de la fornication ou dans le faisceau des phares d'une voiture. L'animalité, vraiment ? La volonté soumise à un instinct de résignation. Ou bien lâcheté, faiblesse humaine ? Non, n'importe quoi. Et pourquoi, faible dans ces deux situations, se sentait-il aussi coupable ? Décidément, il n'avait pas été à la hauteur... Oui, c'était cela qui était typiquement humain, cet orgueil blessé, un sentiment qui le rendait si peu agréable ces derniers temps...

C'était l'orgueil aussi, certainement, qui poussait le copain de sa mère à faire ses provocations stupides... Apparemment, même en étant adulte, intelligent, on ne pouvait pas échapper à la connerie d'un inconscient de coupable.

*

Antoine referma le coffre de sa 205 sur un désordre de sacs de couchage. Sonia embarqua avec lui. Dorothea, Sebastian et Jocelyn montèrent dans la voiture de Florence, une Clio.

C'était le vendredi 18 avril, il était vingt heures passées. On s'était contenté de sandwiches pour se sustenter.

En convoi, les deux voitures filaient dans la nuit tombante, leurs phares éclairaient les murailles de forêt, de chaque côté de la route. Du noir, de part et d'autre, et les grandes tâches jaunes des phares glissant sur la rivière de bitume ; au-dessus, dans la tranchée qui séparait les deux masses de branches, le mauve du ciel s'approfondissait, pervenche, ardoise... Dans la voiture de Florence, l'autoradio branché sur *Radio Campus* diffusait la sombre mélopée de *Babylon was built on fire*, par A Silver Mount Zion.

— On est suivis, fit Jocelyn d'un air sinistre, puis il rigola.

— Comment ça ? La BMW grise, derrière nous ? — Florence ne riait pas du tout — C'est vrai qu'on dirait qu'elle nous suit depuis Orléans... Et même, elle est partie en même temps que nous, devant chez Antoine.

Sebastian ne réagit pas, il semblait déjà endormi.

— Tiens ? Le brouillard tombe...

Un léger brouillard s'échappait des murs végétaux poreux. Bientôt, il occupa tout l'espace. Il semblait immobile, jusqu'à rencontrer la voiture en mouvement ; et alors il se mettait à tourbillonner. La masse informe, nébuleuse, de temps suspendu s'animait au contact de l'automobile vrombissante. Le brouillard se déchirait, se déformait, se formait, se brouillait et se reformait en nappes et en volutes, en mèches aérées, pour figurer une informe et grise barbe à papa. Le parcours de train fantôme s'étendait en ligne droite, derrière ces successions de voiles sucrés — le sucre des myriades de cadavres décomposés dans ces bois plusieurs fois séculaires — entre les ombres noires de la forêt, parcours que fouillaient les yeux lumineux des deux voitures attelées l'une à l'autre, accrochées aux rails de peinture blanche, sur l'asphalte noire bordée de fossés abyssaux d'où pouvaient surgir des bêtes apeurées, soudain, sans prévenir. La voiture de Florence suivait les feux rouges de celle d'Antoine. Les deux feux rouges, inlassables devant eux, creusaient les épaisseurs humides du brouillard, qui se trouvait comme aspiré par le sol et repoussé sur les côtés, avant de reprendre possession de l'espace, un instant ; puis, Florence, cramponnée à son volant, le dispersait de nouveau.

— OH ?!! Vous avez vu ?!, frissonna Sebastian en s'éveillant soudain, le doigt tendu.

— Putain, tu m'as fait peur !, fit Jocelyn, juste à côté. Tu dormais pas ?

— Attends, j'ai vu *genre* un fantôme...

— Hahaha !, s'exclama Dorothea. Tu commences bien, Sebastian...

— C'est vrai que c'est un peu flippant, comme ambiance, murmura presque Jocelyn. Il y aurait de quoi voir des fantômes... Ça va Florence ? Ça te fait pas flipper de conduire par ce temps ?

— Merci, moi, j'ai surtout peur des cons qui foncent malgré le brouillard...

— Ouais... C'était peut-être pas un fantôme... Je devais à moitié rêver, bâilla Sebastian.

— T'as vu la dame blanche ?, demanda ironiquement Dorothea.

— Ah ouais, une bonne dame blanche... avec plein de chantilly dessus, rêva tout haut Sebastian.

— Pffr !, pouffa Jocelyn, mais il pensait avec angoisse à sa *dame blanche* : Solange — elle lui gâchait par avance tout son bonheur avec Dorothea, elle le rendait coupable d'un crime contre son amour. Il regardait les cheveux de Dorothea et il souffrait. Il fit un effort pour toucher ses cheveux ; l'amour eut un léger soupir, imperceptible comme un fantôme dans l'air cloîtré, feutré, de la voiture, que lui seul remarqua — un soupir qui le jetait dans un abîme d'appréhension (Comment réagira-t-elle ? Comment le lui dire ?).

Soudain, devant eux, Antoine mit ses warnings et ralentit. Au bout de quelques mètres, il déclencha son clignotant à gauche et franchit la ligne pointillée pour s'enfoncer dans une allée incertaine : c'était là.

— On ne pouvait pas rêver d'une meilleure arrivée... Bienvenue dans le film d'horreur..., dit Florence tandis que la voiture dansait dans les ornières du chemin, les branches venant gratter aux vitres, frottant l'auto, la frappant, les feuilles tâtant pour reconnaître les intrus. Il y avait comme une manifestation d'hostilité autour du véhicule. Les phares éclairaient l'arrière de la 205 noire d'Antoine ; on voyait bien l'araignée blanche, à longues pattes, peinte au-dessus du feu droit, et la typographie épelant *Antharax*, le pseudonyme gothique d'Antoine.

Ils y étaient.

Antharax le maudit sortit de sa voiture et vint ouvrir la portière de sa cousine.

— Mwhouhaha ! Bienvenue dans mon aântrrre..., dit-il d'une voix profonde, en révulsant ses yeux.

Il tira un joint de sa poche et l'alluma consciencieusement.

Avec son long manteau noir et sa longue tresse noire, on eût dit vraiment le maître vampire de ces lieux démoniaques : on devinait, éclairés par les phares, une grande ferme aux murs de plâtre gris enserrés de poutres croisées, des volets clos et noirs comme des gouffres, des dépendances en ruines, une porte d'entrée massive et grinçante. Florence et Antoine allumèrent leurs lampes torches pour guider leurs invités.

Un instant après, les sacs étaient déchargés dans l'entrée, sur le sol de pierre déformé, patiné par des pas sans nombre, au fil des ans. Les tomettes absorbaient la lumière. Tout le monde se tenait dans l'exiguïté sombre de l'entrée, les visages et les torses éclairés par les seules lampes torches.

— Oh, purée... Fait froid..., fit Sebastian.

— Tiens ? Où est passé Antoine ?, dit Sonia.

En effet, Antoine n'était plus là. On entendait, pas loin, un cliquetis métallique.

— Et merde... Il est chiant ! Il ne peut pas s'en empêcher... Il doit encore être en train de préparer un mauvais coup...

Sonia semblait exaspérée.

Soudain, la lumière s'alluma, et Antoine surgit de derrière un mur :

— Tiens ! Le voilà, ton mauvais coup ! Je remettais le courant en marche !

— Ah bon, Sonia ? Tu trouves qu'Antoine est un mauvais coup ? Trop de joints, non ?, fit Sebastian, moqueur et maladroit.

— Eh mais qu'est-ce qu'il a, lui ?, s'énerva Antoine.

— Euh... Oh là... Excuse-moi... Si on peut pas faire d'humour...

— De l'humour ? Sérieux ? C't'humour à balle deux ? T'aimerais que je te parle de ta façon de baiser ?!

— Oh là là... N'en parlons plus... — Sebastian faisait une moue démonstrative.

— Oh... Super, super... Ça commence bien, coupa Sonia. On se calme, les enfants...

Et elle donna une tape à Sebastian, puis à Antoine, qui lui retint la main.

— Putain, tu me traites pas comme un gamin, steuplaît !, s'écria-t-il.

Le reste de l'assemblée se tenait en silence, autour du scandale, le sac de couchage sous le bras. Personne n'avait envie de rire.

Heureusement, Florence prit les choses en main. Elle conduisit Jocelyn et Dorothea dans une chambre, au premier.

La maison leur parut gigantesque, avec notamment un long couloir qui vous entraînait, par des coudes successifs, à un corridor étroit au bout duquel se tenait leur chambre.

— Tout ça, ça a été construit dans des combles. C'est plus récent, ouais, commenta Florence. C'est notre grand-père qui a tout fait.

Tout le long du couloir, le plancher grinçait.

— Eh bien, ça en fait, du boucan..., murmura Dorothea.

— Ne t'inquiète pas, répondit Florence. Si dans la nuit, vous voulez aller aux toilettes, il y a cette porte, juste à côté de votre chambre. Vous ne réveillerez personne. Bon, par contre, ils sont un peu effrayants, ces toilettes... et froids. Quand j'étais petite, je croyais qu'ils étaient hantés. Je croyais surtout que des milliers d'insectes allaient surgir de la lucarne, dans mon dos ; c'est parce qu'elle ne ferme pas complètement... Alors, je vous conseille de bien refermer la porte. Déjà qu'on va peler toute cette nuit, le temps que le chauffage, euh... remonte un peu la température.

— Chauffe..., dit Jocelyn, songeur. Fais voir, un peu, les toilettes ?

Florence ouvrit une porte de planches à la peinture écaillée. En couinant, elle offrit aux regards un réduit aménagé en soupente, aux cloisons mal ajustées, entre lesquelles on pouvait facilement imaginer qu'une araignée s'était nichée.

La lune claire se faufilait à travers une lucarne branlante. On entendait, on sentait le souffle du vent.

Florence tira un cordon, et la lampe, accrochée à une poutre de la charpente, rendit cette lumière voilée, éparpillée, que font parfois les abat-jours couverts de toiles d'araignée. Les fils collants se tendaient là-haut, épais réseaux, pièges à moucherons solognots en vadrouille, pièges fatals et signes déplaisants de la présence de ces pernicieuses à huit pattes.

Dorothea devint blême :

— Oh ! Mais je ne sais pas si je vais pouvoir utiliser ces toilettes ! J'aurais l'impression, assise là-dessus, qu'une araignée va me tomber dans le cou !!!

— Ce n'est pas tout..., dit en souriant Florence, regarde ce qu'a affiché mon charmant cousin Antoine sur le mur.

En effet, une longue liste, et des dessins à la plume reproduisant les arachnides nommés couvraient une feuille punaisée à la porte. L'écriture en pattes de mouches et le dessin produisaient une tenace impression de vie — une vie fourbe, prête à bondir des mots *argyronète, épeire (ou araignée des jardins), faucheux, lycose, mygale, tarentule, tégénaire, saltique - salticidae (ou araignée sauteuse), ctenizidae, agelenidae, oxiopidae, atypidae, thomisidae (misumena vatia), araneidae (argiope bruennichi), theridiidae (veuve noire)...*

— Dorothea...

— Oui, Jocelyn...

Ils étaient étendus sur le lit, dans leurs sacs de couchage respectifs.

La soirée avait été un peu ennuyeuse : les discussions étaient gênées, tendues, les bières tièdes et à la cerise. Antoine était d'une mauvaise humeur contagieuse. On s'était séparé vers minuit. Peut-être que la prochaine soirée serait plus réussie...

Jocelyn avait ouvert les volets et la lumière nocturne leur permettait de voir quelques éléments du décor fantastique au milieu duquel ils étaient.

— Je... Ohh... Je t'aime, Dorothea...

— Oh, Jocelyn, j'ai l'impression que ça fait si longtemps que tu m'as pas dit ça... mmh... mh ? Mais tu pleures...

— Non... Ça va aller... Merci...

Projetées contre les murs, les ombres des feuillages s'agitaient comme la mer sous l'action du vent. Le brouillard s'était dispersé et la nature s'était mise à frissonner. La lune dispensait sa lumière blême sur le monde. La maison était entourée d'une forêt épaisse, impénétrable ; on pouvait imaginer les entrelacs de ronces, enroulées comme des barbelés. Et les arbres venaient presque toucher la maison ; ils la berçaient au gré de leurs oscillations molles, la caressaient du bout de leurs branches délicates. Le vent se levait.

— Dorothea... Il faut vraiment... J'ai...

CRRR TAC ! Une branche surplombant le balcon avait atteint le carreau, et interrompu Jocelyn. Le vent soufflait de plus en plus fort.

— C'est parfois un vrai gros con, Antoine..., murmura Dorothea.

— Oui, un peu...

— Il n'a vraiment pas d'humour... Jamais tu le vois se marrer ou quoi.

— Il faut dire que ça ne marche pas très bien avec Sonia... Et Sonia, euh... et Sebastian... se voient de plus en plus souvent... Il sent un rival, alors il se défend.

— Ok, mettons... Très maladroitement quand même...

La sylve épaisse s'anima et la foule des feuillages se mit à siffler contre la ferme.

Le vent se mit à gronder et on le sentit s'engouffrer *furioso* entre les murs et les remparts de la futaie ; il souleva des huées qui enflèrent, sifflèrent et retombèrent, avant de huer de plus belle. Quelque part, un volet claquait. Au loin, le bois gémissait, craquait. Ça faisait des clameurs sinistres. Un bruit plus précis au cœur du vacarme — un arbre, là-bas, était amputé d'un membre. Les branches battaient les unes contre les autres ; et toujours, dans la chambre haute, cette lueur fantomatique et ce mouvement impétueux de l'ombre.

En bas, dans la maison, un piano jouait une sonate mélancolique, très moderne, dépouillée.

Au loin, il sembla plusieurs fois qu'une voix humaine s'époumonait dans la tempête.

Dorothea et Jocelyn se regardèrent, interloqués.

— Oh... C'était quoi, ça ?

— Je sais pas. On aurait dit un singe furieux...

Bien emmitouflés pourtant dans leurs sacs de couchage, ils avaient froid, un froid inexplicable. Dorothea se pelotonna contre Jocelyn. Ce dernier sentit une nausée monter en lui. Jamais il n'aurait le courage de lui avouer... Il ne fallait pas lui en parler. Il ne fallait pas...

Dehors, un long hurlement perça le mugissement de la tourmente, s'éleva très aigu et se modula en un chant plaintif et rauque avant de lancer d'étranges aboiements à la nuit couleur de limon — tel le cri d'un loup qui se métamorphoserait en phoque, ou en otarie.

— Mais qu'est-ce qu'ils fabriquent ?, murmura Dorothea. Ils sont sortis par ce temps ?

— On dirait qu'Antoine fait des siennes... Il joue à nous faire peur...

Ils rirent, bien serrés l'un contre l'autre. Il voyait le visage de chat de Dorothea, son regard mystérieux et amical, qui semblait pardonner d'avance... Ça faisait, oui, un peu de bien.

*

Le lendemain, au réveil, la lumière était sombre ; un bruissement humide, comme le son de la salive entre la langue et les lèvres qui s'humectent, montait tout autour de la maison et, si l'on écoutait plus attentivement, on pouvait entendre le chuintement de la pluie, comme un souffle ténu, entre les molaires de la nature.

Lorsque, tenaillés par la faim, Jocelyn et Dorothea se décidèrent à parcourir le long couloir grinçant et à descendre au rez-de-chaussée, ils purent constater qu'ils n'étaient pas les seuls à avoir de l'appétit : ils étaient tous réveillés, dans la grande salle, assis, à manger, sur des bancs autour d'une table rustique, avec des bols en grès garnis de céréales amollies déjà par le lait. La chaîne stéréo diffusait un morceau du groupe *Rachel's*.

— Salut...

— Bonjour...

— Bien dormi les amoureux ?, fit Sebastian.

— Ouais, pas mal, à part la tempête, et puis les grands cris de taré qui nous ont bien foutu les jetons..., répondit Jocelyn, flegmatique encore, fatigué et déprimé par ses tourments moraux.

— C'est pas moi, les cris... émit Antoine, je tiens à le préciser : depuis que je suis réveillé, tout le monde m'accuse.

— Ouais, c'est ça... Tu ne peux même pas le prouver, vu que tu n'étais pas avec moi hier soir, remarqua Sonia. Je jouais au piano avec Florence...

— Oh ouais... intervint Sebastian, c'était génial la musique, hier soir. J'étais seul dans une chambre immense que je n'connaissais même pas, et j'entendais vos airs qui faisaient penser à des chutes de neige dans le grand nord, ou bien à des bals de fantômes — quand vous avez commencé à jouer des valses...

— C'était vraiment beau, confirma Dorothea.

— Oui, les valses, c'était Sonia, elle joue super bien... fit remarquer Florence.

— Oui, mais... C'est quand même toi la plus douée, s'empêtra Sonia, rouge de plaisir.

— Mais alors c'était quoi ce cri d'otarie blessée à mort, c'était vraiment affreux ?!, émit Jocelyn par-dessus la cohorte des compliments que s'échangeaient les musiciennes, en versant des céréales dans son bol.

— Ouais bin c'était pas moi, hein !, renchérit Antoine.

— Alors ça devait être toi, Sebastian..., lança Sonia.

— Oui, ajouta Dorothea ; avec Antoine, tu étais le seul à être, euh... tout seul !

— Et sans oublier que tu aimes bien faire tourner les gens en bourrique !, lança le fin limier Jocelyn, en fronçant le regard, tirant une bouffée de sa pipe imaginaire (sa cuillère), puis la tapotant sur le rebord de la table : à n'en pas douter, tu es le coupable ! Tu as l'air trop innocent pour être honnête.

— Mouais… Je ne suis pas convaincu par votre réquisitoire, monsieur. Tout ce que vous avancez, ce n'est que du vent. De la forfanterie ! Du bluff ! — Sebastian frappa soudain sur la table — Des nèfles ! Vous n'avez rien contre moi ! Mais c'est que vous poignardez dans le dos vos camarades, l'ami ! Et sans scrupules ! Je vous ai appris votre métier… Quand je pense… Je… Euh…

— Et voilà ! Vous doutez, monsieur Perez, vous ne vous maîtrisez pas… souligna Dorothea, triomphante. C'est un signe de culpabilité évidente. *Il y a des gens, ici, qui ont des choses à cacher !*

(À ces mots lâchés avec un grand talent d'actrice les cheveux de Jocelyn se dressèrent sur sa tête.)

— Hahaha…, rit faussement Sebastian. Vous avez le triomphe un peu rapide mademoiselle…

Il reprenait sa contenance de dandy victorien.

— Puis-je suggérer, dit-il, qu'il n'y avait non pas un coupable, mais deux !

— Ciel ! Vous allez vite en besogne, monsieur Perez !, s'exclama Jocelyn, dont la pipe se balançait à ses lèvres.

— Haha, monsieur Sévrin veut jouer au plus fin… dit narquoisement Sebastian. Je crois que c'est vous qui emballez l'affaire en m'accusant aussi rapidement, aussi… dé-li-bé-ré-ment… Je pèse mes mots, inspecteur… Je crois bien que c'est *vous* l'auteur de ces cris d'orfraie d'hier soir.

— Vous déraisonnez monsieur Perez…, le tança Dorothea. Il nous est aisé de démontrer notre innocence : nous avons un long couloir à emprunter, puis l'escalier !

— Eh bien… Et en quoi cela prouve votre innocence ?, demanda Sonia.

— Attendez, je crois savoir où Miss Dorothea veut en venir, dit Florence avec indulgence et attention.

— Merci madame, plastronna Dorothea. Ce que je vous signifie, c'est que le parquet de ce long couloir craque affreusement. Or, vous eussiez nécessairement entendu le bruit de nos pas, si l'un de nous deux avait tenté une sortie...

— Je ne sais pas vous... — Antoine sortait de sa torpeur. Il fit rouler sa natte d'une épaule à l'autre — mais il m'a semblé que les cris qu'on a entendus hier soir, étaient des hurlements féminins. Il se pourrait que ce soit l'une des deux pianistes qui se soit absentée... Rien de plus aisé ! Quand on sait que d'ici au hall d'entrée, il n'y a qu'un pas à faire ! Nul n'aurait pu sortir sans alerter leur vigilance...

— Erreur ! Nous jouions du piano... Auriez-vous oublié que cet instrument captive tous les sens ? Un éléphant serait passé dans le couloir que nous ne l'aurions pas remarqué !, pointa Sonia.

— Oui, enfin... — Jocelyn commençait à perdre son sang-froid — si ce n'est personne d'entre-nous... avouez qu'il y a de quoi s'inquiéter !

— Oui... Souvenez-vous... Cette voiture qui nous suivait..., fit sarcastiquement Dorothea.

— Attends... Comment ça ?, s'étouffa Antoine. Vous étiez suivis ?! Et à quoi elle ressemblait, cette voiture ?

— Je sais pas... un genre de BMW, bafouilla Jocelyn.

— Tariq ! MERDE !, rugit Antoine de sa voix de basse.

Jocelyn perdit pied. Il se sentit partir en arrière, sa cuillère pendue à sa lèvre, un remugle de céréales au lait dans son estomac le barbouillant de blanc. BLAM !!! Il tomba à la renverse.

Sa plainte douloureuse s'élevait derrière le banc.

La tablée encore attablée s'esclaffa de bon cœur sans égards pour le malheureux.

— Tu portes le théâtral assez loin, Jocelyn... nota Dorothea.

— Ouah, c'est bizarre, j'ai eu comme une suffocation. Pardon... J'ai rien compris, fit Jocelyn.

— Non, sérieux, je pense à un truc..., dit Antoine qui lui aussi était blême.

— Comment ça ?, émit, Jocelyn, tout faible, en se relevant.

— Y a un dealer, à La Source... J'ai eu affaire à lui, le mois dernier... Hyper prétentieux, le mec... Et euh... Comme un con, je me suis vanté de la maison en Sologne...

— Oh non..., balbutia Jocelyn. Oh non...

— Et voilà !, s'exclama Sebastian. Alors, si ça se trouve, il y a quatre ou cinq racailles dans leur bagnole, qui attendent de venir nous dépouiller... Merde...

— Ouais... Ça, c'est si on a de la chance... Moi, je dirais plutôt qu'il va appeler toute sa bande en renfort avec son téléphone portable... En fait c'est pire que ça... Ce mec, c'est un gros caïd, putain, non, pas Tariq... — Les yeux d'Antoine étaient sombres, il regardait trois pétales de maïs soufflé flottant dans son bol.

— Arrête ! Ça fait vraiment flipper ! — Jocelyn s'était relevé d'une traite. Déjà, me dis pas que c'est *ce* Tariq...

— Comment ?... Tu connais Tariq ? Sweat-capuche, chaînes en laiton ?

— Euh... Non, non, non... Putain, non ! Mais c'est pas..., se mit à paniquer Jocelyn. Et eueuhhh... Bien sûr, *génial*, on est loin de tout, ici ! Si des types venaient nous attaquer... Le temps qu'on téléphone aux flics...

— Y a pas de téléphone, dans cette maison..., dit Florence, lugubrement.

— Bon, du calme..., tenta Sebastian.

— Comment ça y a pas de téléphone ?!, s'énervait Sonia.

— Y en a plus..., précisa Antoine.

— Oui, mais bon, on se calme... on a nos portables, les rassura aussitôt Florence.

La pluie battait contre les vitres. Elle faisait un crépitement familier. Les souvenirs d'enfance affluaient, des souvenirs de solitude terrorisée, dans l'orage, sans la présence rassurante des parents. Dorothea regroupa ses jambes contre elle sur le banc.

Elle s'appuya sur Jocelyn, frotta dolemment ses courts cheveux contre l'oreille de son amoureux. Elle le sentait invraisemblablement crispé.

— Mais c'était quoi aussi, ce cri ? On aurait dit un cri féminin..., dit Antoine, songeur. Ils s'en sont peut-être pris à une fille dans les parages. Si ça s'trouve ils ont kidnappé une meuf. Ils lui ont fait peur, ou... mal... peut-être...

— C'est horrible ! Arrête, tu veux ? En plus tu dis n'importe quoi..., le gronda Sonia.

— Mais que veux-tu que j'te dise ?!!, brailla Antoine. J'ai fait une connerie ! Ouais ! Je me suis vanté à Tariq d'avoir une belle baraque ! Je lui ai parlé des trophées de chasse, des ivoires de notre grand-père... Je lui ai parlé de pognon, des maisons de millionnaires qui vont se cacher en Sologne, d'Alain Delon, et tout ça... je lui ai dit ce qu'il voulait entendre ! Je lui ai donné de quoi rêver ! Je voulais qu'il fasse moins le malin... qu'il arrête de frimer, avec sa poufiasse et sa grosse chaîne !!! Je crois que je lui ai mal parlé.

— Oui... Je vois... Tu l'as humilié devant sa copine..., dit gravement Sonia.

— Lorsque je l'ai quitté, il m'a rattrapé, sans Myriam... sur le parking près de la fac.

— C'est sa copine, Myriam ?, demanda Florence.

— Euh, oui... C'est comme ça qu'elle s'appelle... Et Tariq m'a dit : « fais bien attention à toi, enculé... tu sais jamais quand ça te retombera sur la gueule ou dans l'cul » Et, ce taré, il m'a foutu son doigt dans le cul, puis il a juré sur le Coran qu'il me ferait payer l'humiliation.

— Mais... C'est un gros malade, et toi... pourquoi tu lui as parlé de la maison ?!, cria Florence d'une voix éraillée.

— J'sais pas... Il me stressait, là... Et puis j'étais un peu en confiance, avec mon pote Yassine. Lui, c'est un mec bien, malgré ses airs. Donc j'ai pas vraiment calculé...

— Mais tu devais bien te douter qu'il fallait pas parler de cette maison à ce genre de psychopathe !, fit Sebastian, halluciné.

— Oui, d'accord... Mais à ce moment... je t'ai dit... j'avais pas compris quel genre de mec c'était. J'ai pas forcément les clichés sur les mecs de cité que vous avez, vous les bourges du centre-ville... Par exemple, jamais j'aurais pensé qu'il essaierait de me suivre ! La Sologne, dans ma tête, c'était à l'autre bout du monde, par rapport aux cités de La Source !

— Attendez, attendez... Oh làà... Tout doux, on se calme..., dit Jocelyn qui parvenait mal à surmonter son émoi. C'était un peu pour déconner que j'ai dit qu'on était suivis... Certes, on était suivis... mais je sais pas si la voiture nous suivait *vraiment*, ni depuis combien de temps...

— Moi, je l'avais remarquée dès le départ, genre la vieille BMW, dit doucement Florence. Elle était garée près de chez Antoine quand on est arrivés pour prendre mon cousin et *sa chère* Sonia. Elle me disait quelque chose, cette BM... C'est pas la première fois que je la voyais... En fait... à bien réfléchir, j'ai vu cette bagnole toutes les dernières fois que je suis passée chez toi, Antoine... Même une fois, le type au volant a baissé sa casquette sur son visage, pour pas que je puisse bien le voir.

— Mais il a quel âge, ce Tariq ? demanda Dorothea.

— Je sais pas moi... genre vingt-cinq ans...Difficile à dire...

Au bout de la table, sur son tabouret, Antoine était abattu.

— Qu'est-ce que c'est que cette histoire ? Pourquoi il m'aurait fait suivre ? Oh làlà... Si ça se trouve, c'est Myriam qu'on a entendue hier soir...

— T'es vraiment le roi des cons !, conclut Sonia, assise à sa droite.

— Mais ta gueule ! Merde !

Antoine fit le geste de gifler Sonia et sortit de table. Il fila droit à la fenêtre pour inspecter la cour. Rien.

— Putain ! Si ça se trouve, ils ont touché aux bagnoles !

Sonia pleurait en silence. Sebastian vint s'asseoir à côté d'elle et lui prit la main pour la consoler. Florence en fit autant.

Antoine s'élança dans la cour. On entendit sa foulée sur les graviers. Un instant après, il revint précipitamment, trempé, et plus pâle que jamais. Il se tenait derrière la tête.

— Merde ! Merde ! Merde ! J'en étais sûr, putain !!!

— Quoi ? Qu'est-ce qu'il y a ?, demanda Jocelyn.

— Au début, j'ai rien vu d'anormal… Puis j'ai vu, près de la portière passager, sur l'aile… La peinture a été rayée avec une clé, ça fait « j'aurai ta peau fils de pute » !

— Tu crois qu'ils sont là ?, fit Dorothea.

— Mais carrément !!! Ils sont cachés ! Je me suis pris un caillou dans la tête, en revenant ! Ils l'ont balancé depuis les buissons, là ! Ils sont juste là !!! Les boules ! J'ai verrouillé la porte d'entrée…

— Il faut que tu vérifies la porte de la buanderie, aussi !, s'exclama Florence. J'y vais !

— Non, attends… C'est moi qui vais y aller. J'ai repéré où c'est…, intervint Sebastian, soucieux de prouver son courage.

Il lâcha la main tiède et humide de Sonia sous le regard noir d'Antoine qui ne bougeait plus. Il dépassa le hall, suivit un couloir perpendiculaire très sombre — les ampoules étaient de faible puissance — il s'enfonça dans un recoin : la buanderie. Il passa sous un drap mis à sécher le matin même par Florence.

Il ne trouvait pas la lumière.

Un peu plus loin, la porte était là, la clé aussi. À travers la vitre trouble de la porte, on voyait la masse sombre de la forêt s'élever au dessus du champ de vision délimité par l'encadrement de la fenêtre.

La buanderie était plongée dans l'obscurité et l'extérieur éclairait tristement la grande pièce nue.

La lumière tremblait sous l'effet des gouttes ruisselant sur la vitre.

Sebastian mit la main sur la poignée de la porte. Elle était glacée.

Sebastian ne quittait pas des yeux les profondeurs indécises de la forêt. On pouvait facilement imaginer une bande de types sortir de ces bois louches, bardés de bâtons taillés en pointe, avides d'en découdre.

Il fit tourner la clé pour s'assurer que la porte était bien fermée.

Soudain, il vit quelque chose bouger. La lisière du bois était à moins de dix pas. Une forme se redressa dans un fourré, juste en face de lui, une forme humaine avec une capuche. Il eut l'impression furtive d'une présence, derrière lui, dans le noir.

Il se retourna d'un bond.

Rien.

Il ne s'attarda pas dans la buanderie, et se précipita annoncer sa terrible découverte : ils n'étaient pas seuls. Quelqu'un les guettait, dehors.

Pour le coup, ils ne sortirent pas de la journée. Ils savaient qu'on les attendait.

Les types étaient prêts à affronter la pluie, les ronces et la boue ; c'étaient des acharnés, des fous furieux. Que ces enragés attendissent toute une journée dans des conditions pareilles faisait monter l'angoisse au plus haut degré. La paranoïa s'était emparée de leurs cerveaux grisés de peur. Ils n'osaient pas appeler la police, parce qu'il n'y avait plus eu de signe immédiat de danger... Ils se demandaient si les types n'étaient pas déjà partis et si tout cela n'était qu'une mauvaise blague... Antoine et Jocelyn, eux, savaient que Tariq était tout à fait capable de venir froidement tous les descendre avec un flingue.

Leurs nerfs étaient soumis à rude épreuve : et si les types attendaient la nuit pour tenter un assaut brutal ?

Antoine suggéra que leurs assaillants avaient vraisemblablement des armes à feu. Ils pourraient même essayer de tirer à travers les fenêtres, par jeu... Chacun désormais se faisait le plus discret possible, marchant la plupart du temps à quatre pattes. On se plaquait contre les murs, on s'allongeait dans les canapés. On essayait parfois de lancer une conversation, mais toujours, la question des moyens de défense revenait. Ils s'étaient tous armés ; l'un d'une canne, un autre d'un rouleau à pâtisserie, Antoine s'était même saisi du fusil de chasse de son grand-père, y avait fourré une cartouche dont on ne savait pas si elle ferait feu ; on avait démanché un balai afin que le manche pût servir à se battre ; nul n'allait sans quelque couteau... C'était assez impressionnant et ridicule à voir.

Il y avait des moments où l'on en riait. Était-ce par nervosité, ou alors le fait de se trouver à quatre pattes en attendant un hypothétique assaut ? En réalité, ils commençaient à goûter le jeu... Ils se passaient des CDs pour se donner du courage, et aussi pour se mettre un peu plus dans l'ambiance : un concerto pour quartet de Grieg, Arvo Pärt, Chostakovitch, Do make say think, *The Ghost sonata* de Tuxedomoon, et ainsi de suite, des musiques toujours plus sombres...

Le soir tomba. On ne voyait presque plus rien... Rien que les contours des meubles, des objets et des êtres.

Jocelyn était en train de tomber malade. Sa gorge lui faisait mal. Son front se plissait sous l'expression de la douleur.

— Viens, Dorothea... J'ai quand même quelque chose à te dire..., articula-t-il faiblement.

Ils montèrent à l'étage. Empruntant le long couloir au parquet douteux, Dorothea eut un mouvement de recul :

— Attends, Jocelyn... Redescendons... J'ai peur...

— Dorothea, s'il te plaît... C'est important. Tu le sais.

Il pleurait. Il sanglotait.

— Oh. Mais Jocelyn... Qu'est-ce qu'il y a ? Attends... Je te suis.

Elle lui prit la main, mais il la retira de son étreinte. Elle eut la gorge nouée, soudain.

Le couloir jusqu'à la chambre leur parut interminable. Le crépi jaunâtre était agrémenté de petites gravures représentant des scènes de chasse ; ici ou là, un paysage pittoresque, un moulin, une ruine antique sur laquelle paissaient des chèvres... Ce qui allait advenir de ce bel amour... Il était trop tard — plus question de faire marche arrière...

Jocelyn referma soigneusement la porte derrière lui.

— Attends ! N'allume pas !, dit Dorothea. Il ne faudrait pas qu'*ils* puissent voir où nous sommes...

Jocelyn s'approcha d'elle dans le noir. Oui... C'était mieux ainsi... Elle ne verrait pas ses larmes... Isolés, loin du monde, il allait pouvoir dire ce qui lui pesait.

— Dorothea...

— Oui... Dis-moi, Jocelyn...

— Je... Voilà, j'ai failli te tromper...

Silence.

Dit comme cela, ça lui parut moins grave... Mais le silence de Dorothea redonnait du poids à sa phrase d'aveu. Il essaya de dissiper ce silence :

— J'ai failli te tromper avec Solange...

La voix de Dorothea, dans le noir, lui parut étrange :

— Pourquoi tu me dis ça ? Jocelyn... Je ne comprends pas...

Le silence se prolongea encore.

— Jocelyn... Bon... Que s'est-il passé ?

— Après ton départ, vendredi... Elle est venue me rapporter le dictaphone que j'avais oublié chez eux... Elle m'a fait une déclaration... Elle a tenté de me déshabiller... Non, c'est pas vraiment ça, je me suis laissé déshabiller...

— Non, Jocelyn... Non... Qu'est-ce que c'est cette histoire... C'est pas vrai... Tu me dis que t'as failli me tromper... On est en plein cauchemar, je vais me réveiller, non... Jocelyn, ohhh... Tu ne l'as pas embrassée ?

— Si, je crois... Mais c'est plutôt elle, j'étais assez passif...

— Oh, mais non...

Dorothea sanglotait.

— Quelle différence ?!, fit elle. Jocelyn, c'est encore pire d'avouer si tu dis des choses aussi stupides...

— Je suis désolé. Je me sens trop mal... Il faut que je te dise tout : on s'est retrouvés nus tous les deux. Mais je... je ne l'ai pas vraiment touchée... Enfin...

— Bon, tu m'as trompée, Jocelyn... Avec la sœur de ton pote... Non... Ffhh...

Elle était assise sur le lit dans l'obscurité. Il était debout, la tête baissée. Ils sanglotaient en silence. La douleur était intolérable. Ça ne pouvait pas finir ainsi... Ce fut Dorohéa qui céda :

— C'est insupportable. Putain, ça me fait trop mal... Est-ce que tu m'aimes ? Dis, Jocelyn...

— Ohh... Dorothea... Je pense tout le temps à toi... Tu es ma femme idéale... Ça me rend trop triste, ce truc... Je n'ai pas réussi, sur le moment, à prendre assez de distance. Mais, maintenant, je pourrais, je pense.

— Mais qu'est-ce qui t'a pris ?

— J'en sais rien... J'étais dépité... Je... Je te voulais pour la nuit, vendredi soir...

— Alors... Chaque fois que je ne te satisferai pas, tu iras voir des putes, c'est ça ?

La réplique était méchante, plus cruelle que Dorothea ne l'avait souhaité.

— C'est pas vrai..., reprit-elle. La même histoire qu'avec Evren ! Je comprends pas les mecs...

— Dorothea..., souffla Jocelyn. Nous n'avons jamais fait l'amour... Je... Et tu ne me feras jamais confiance ?... Ahh... C'est tellement nul...

— Pour le coup, c'est de ta faute, Jocelyn... Je t'aime... Mais... N'essaie pas de me faire sentir coupable... Je ne sais plus... Je n'ai pas de certitudes... Je me sens faible... J'aurais tant voulu que tu sois quelqu'un sur qui compter...

Elle s'effondra sur le lit.

Jocelyn devinait plus qu'il ne voyait sa forme. Il s'imagina qu'elle tremblait.

Il se sentit au bord du gouffre. Sa vie perdait tout caractère de tranquillité. Tout ce qu'il faisait devenait grave... Finie, l'insouciance... Il n'était plus le prince qui faisait ployer le monde à ses caprices. Il était passé près du bonheur... Il avait tout gâché... C'était si facile... irréel... comme la venue de Solange, ce vendredi soir... soirée maudite... Solange Perez, la sœur de Sebastian... C'était ridicule... Sa sœur... Elle avait le même genre de nez en trompette, les mêmes sourcils droits ! Comment s'était-il laissé avoir par un si ridicule fantasme ? De longs cheveux blonds et des traits fins : un semblant de perfection qui avait abusé ses sens adolescents ! Il avait pensé en avoir fini avec ce fantasme lorsqu'il avait reçu la tendresse de Dorothea, mais elle lui était revenue sous la forme d'une divinité empoisonnée. Et maintenant qu'il savait qu'il préférait le tempérament de Dorothea, le corps souple de Solange s'était glissé entre eux... Il était un peu écœuré par lui-même. Une part de lui avait envie de balayer toute son histoire avec Dorothea du revers de la main, de se débarrasser une fois pour toutes de cette culpabilité moisie, de tenter d'aller retrouver Solange — moins morale, plus compréhensive — mais il avait donné trop de preuves d'affection à Dorothea. Il se sentit piégé ; il en eut mal au cœur.

Dans le noir, la figure blonde et le long corps de Solange effaçaient la délicatesse insaisissable du visage de Dorothea. Il lutta pour convoquer celle dont il se sentait si proche : Dorothea — son visage restait indéfini. Il se sentit incapable de retrouver ses traits, perdus dans l'obscurité ; le visage était si près et si lointain — cette île, ce refuge accueillant où oublier toutes les violences en soi, toutes les violences du monde ; il ne put voir qu'une tâche claire dans ses pensées.

Il s'approcha du corps abattu de Dorothea.

Puis il crut distinguer un son sourd. Un bruit mat, soudain ! contre la fenêtre.

« Chut... Tu as entendu ? — Quoi ? — chhhhtt... »

Une masse noire se fondait dans les ténèbres du balcon, on la distinguait mal, mais on voyait bien que c'était un homme, debout qui devait scruter l'intérieur de la pièce.

— Descends du lit... Par là..., chuchota Jocelyn. Dorothea s'exécuta. Ils se réfugièrent contre le lit, repliés, cachés. Sentant la main glacée et douce de Dorothea, Jocelyn eut une bouffée d'émotion, une envie de pleurer : le monde ! Il voulait tant profiter de la vie avec Dorothea. Il l'aimait. Il ne voulait pas que tout ça finisse en tragédie. Il murmura, éperdu :

— Je suis prêt à tout, Dorothea. À affronter n'importe quel fou furieux. Je t'aime tant... Je tiens à toi plus qu'à tout ! Je...

Un faisceau lumineux, comme celui d'une lampe torche brûla soudain le mur en face d'eux ; le lit faisait une trace carbonisée au milieu de l'éblouissement brusque. La sensation de douleur oculaire s'estompa rapidement et Jocelyn accueillit avec angoisse le visage effrayé de Dorothea entre ses bras. Elle lui prodigua un baiser triste et émouvant :

— Il ne faudra plus jamais que tu me fasses souffrir...

— Je te le promets. Ce soir, je balance mon adolescence à la poubelle !

— Oh bon sang, j'ai si peur... Filons !

En rampant, ils rejoignirent la porte. Le faisceau se porta subitement sur eux.

— Viiite !!!!!, hurla Dorothea. Des cognements ébranlèrent la fenêtre.

— WAAAAAHHHHH !!! Les voilààààà !!!!

*

Ils avaient attendu deux longues heures dans le salon, leurs armes en main, serrés les uns contre les autres, fixant les cinq fenêtres de toute l'attention douloureuse de leurs yeux. Rien qui fût remarquable ne leur parvenait dans le noir épais que revêtait la forêt dans cette nuit désespérément sombre.

Maintes fois, le contact d'un de leurs camarades avait fait sursauter l'un d'entre eux.

Florence sortit un cahier d'un buffet et commença alors à raconter une histoire du terroir, écrite par un de ses oncles pour maintenir tout le monde éveillé :

L'ETANG DE LA SOUCHE

« C'est dans un village de Sologne, abandonné depuis, qu'a eu lieu cette affreuse histoire.

Ce village était presque entièrement entouré de forêt.

Non loin du village, dans le bois sombre, se trouvait un étang au bord duquel se dressait une hutte humide couverte de mousse. L'abord de ce plan d'eau était rendu pénible par le terrain souvent boueux et de monstrueux bosquets de ronces.

Néanmoins, c'était un soir proche de Noël, un jeune fermier veuf depuis peu, s'aventura dans ce lieu inhospitalier ; il était à la poursuite de sa truie favorite, à qui il avait donné le nom de sa femme décédée ; la truie s'était échappée en se précipitant contre la palissade qu'elle avait démolie par l'énergie de son poids, mue par un instinct aussi bizarre que soudain.

Notre fermier la cherchait depuis deux semaines sans succès. Mais ce jour-ci, il avait eu dans l'idée qu'elle aurait soif et qu'elle irait s'abreuver à l'étang ; aussi avait-il pris la décision de braver l'inhospitalité des environs de l'Etang de la Souche.

Le père Raoul, c'est ainsi qu'on l'appelait depuis la mort de sa très jeune femme, fut saisi de la plus grande tristesse lorsqu'il découvrit le gros corps familier de sa truie flottant sur l'eau, tout enflé du mal des noyés. De son coutelas, il abattit un petit arbre dont il se servit pour atteindre le pauvre animal ; son dessein était de l'amener au bord, et peut-être de l'enterrer ; il n'eût pas plus tôt touché le corps de la bête du bout de sa perche, que celui-ci creva, libérant une poussière blanche et sucrée qui retomba rapidement, alourdie par l'humidité de l'air. Le pauvre père Raoul pleura de toute l'énergie qui lui demeurait.

Comme un écho à ses pleurs, il entendit des gémissements qu'il prit d'abord pour les cris de quelque bête blessée. Il se redressa vaillamment et tendit l'oreille aux bruits de la forêt. Des sanglots remarquablement précis s'élevaient par-dessus tous les autres bruits ; et ce furent tout à coup des hurlements stridents dont le père Raoul comprit qu'ils provenaient de la vieille cabane en bord d'étang. Il se précipita vers les pleurs horribles et, ouvrant la porte vermoulue du cabanon, il découvrit un bébé nu, déposé sur une petite table. C'était une fille. Elle était bleue de froid, ses lèvres tremblaient comme elle toussait en recrachant de la vapeur et ses petits membres pédalaient dans le vide. La table était garnie d'excréments rouges, ensanglantés.

Le père Raoul se saisit de la petite et l'emmitoufla dans ses vêtements, tout contre lui. Le corps, pas plus gros qu'un jeune lapin, semblait glacé contre son ventre. Il ramena le bébé à sa ferme. Il lui restait un peu de lait caillé qu'il donna au délicat poupon. La fillette vomit aussitôt ce qu'il lui avait donné.

Pendant deux mois l'enfant fut entre la vie et la mort. Le brave fermier la gardait contre lui, la nuit, pour s'efforcer de faire remonter sa température. Le jour, il l'emmaillotait dans quantités de fourrures de lapin. Il arrivait que Raoul donnât à l'enfant un peu du sang des lapins, parce qu'il s'effrayait du sang que la fillette perdait à chaque selle, et qu'il pensait que le sang qu'elle ingurgitait l'aiderait à recouvrer la vie échappée.

L'enfant grandit et le fermier que la mort de sa femme avait considérablement affaibli regagna sa vigueur perdue. Il se sentait *père*. On l'appelait *père*, dans le village, depuis que sa femme était morte en couches avec son enfant, et maintenant, le cœur plein d'amour, il savait ce que cela signifiait, *père*.

Deux ans avaient passés, et le corps de la fillette restait étonnamment froid ; elle avait conservé le froid de ses premiers jours sur terre. L'enfant était très affectueuse avec son père adoptif.

Et d'ailleurs, il ne pouvait plus dormir sans elle. Il l'avait appelée Marie : comme sa femme disparue.

Le premier mot qu'elle prononça fut « papa ».

L'enfant était volubile, tendre, curieuse. Des cheveux blonds intenses enflammaient son visage toujours attentif d'une lueur d'intelligence extraordinaire. Elle marchait en tous sens ; Raoul ne pouvait pas la surveiller tout le temps, mais il était rassuré par sa faculté de mesurer le danger : jamais il ne la vit tomber, ou se cogner ; elle avait une habileté unique chez un enfant si jeune.

Marie adorait parler aux animaux.

Un jour qu'il rentrait du poulailler, Raoul vit Marie en grande conversation avec sa deuxième truie. Raoul passa sa main calleuse dans les boucles blondes de la petite. Elle le regarda avec ses yeux clairs, puis, tendit son bras potelé vers la truie et dit : « Maman !

— Haha !, rit bien fort le père Raoul. C'est un cochon ! Ce n'est pas ta maman !

— Je sais bien ! », dit Marie. Et Raoul crut voir les yeux de la fillette s'emplir de larmes.

Marie eut bientôt environ cinq ans. Raoul assista cette année encore à quelque chose d'étrange qui survenait tous les ans, peu avant Noël : Marie était chaque fois terrassée, à la même période, par un affaiblissement effrayant. Elle tremblait, sa température baissait, et il semblait au fermier que ses mains perdaient sur elle le sens du toucher, tant elle était glacée. Il la couvrait de couvertures, lui donnait du sang frais de lapin. Raoul ne dormait plus, il la veillait en croyant de nouveau que la maladie allait, cette fois, lui enlever sa petite fille adorée.

Alors, il sortait son trésor : une petite toile, une peinture à l'huile représentant une femme blonde aux yeux clairs devant un décor mystérieux et embrumé. La femme de la toile ressemblait à une sainte et dans les cheveux, elle avait des branches souples de saule mêlées de plumes. Raoul priait devant la toile comme si la représentation figurait la sainte vierge. Chaque fois, la maladie de Marie durait une semaine. Le lendemain, *elle se portait comme un charme.*

Cette année encore, il la trouva radieuse, et plus belle qu'avant sa maladie. Mais en se penchant vers elle pour l'embrasser, il découvrit une tourterelle morte et déplumée dans le lit de l'enfant. Marie lui dit en souriant qu'un chat était passé et avait laissé les restes de son jeu cruel dans l'amas de peaux qui la recouvraient ; le poids des couvertures était si important qu'elle n'avait pu dégager son bras pour se débarrasser de l'oiseau.

Raoul était satisfait de la solidité morale de Marie. La mort ne lui faisait pas peur, elle n'avait pas la fragilité des autres fillettes.

Invisible sauf à Marie qui en parlait tout le temps, le chat qui avait fait de la ferme de Raoul son territoire fut un meurtrier impitoyable : en huit années, on découvrit des centaines de corps de tourterelles déplumées. C'était un singulier massacre. La petite grandissait et Raoul la retrouvait, de temps à autre, couverte de plumes et de sang.

La demoiselle atteignit la taille de son père, et sa poitrine eut bientôt repoussé loin de son corps les attitudes enfantines passées. Ses yeux avaient changé de couleur : de bleu, ils avaient pris une teinte verte. Elle était devenue la plus jolie fille qu'on puisse imaginer.

Tous les jeunes gens alentour la convoitaient, mais elle ne s'intéressait à aucun.

Marie n'était pas la seule à avoir changé : le père Raoul avait trente-cinq ans maintenant, et il en paraissait nettement moins. Si à vingt ans, le visage ravagé par le chagrin qu'avait causé la perte de sa femme, il en paraissait trente de plus, à trente-cinq ans, il semblait redevenu adolescent. Il était heureux avec sa fille. Ils dormaient toujours ensemble, et se faisaient plein de papouilles.

Un dimanche matin, le nouveau laitier, un jeune garçon prénommé Jean, les aperçut dans la même couche, à travers la fenêtre trouble. Après son témoignage, tout le monde, dans le village, parla d'inceste, et les jeunes gens, scandalisés, voulaient tuer le père pour le péché et forcer la fille à se marier avec l'un d'entre eux, afin de laver son péché dans l'eau bénite d'une union procréatrice.

Le vendredi suivant, alors que tout le village s'était assemblé pour passer à l'action, Jean, le jeune laitier, surgit au milieu de la populace exaltée, prête à rétablir l'ordre divin.

Il était plus pâle qu'un rayon de lune. Il proclama avoir vu un ange. Il supplia la foule de laisser Raoul et Marie en paix.

Soudain, le garçon s'effondra mollement à terre. Dans son corps, on ne trouva pas une goutte de sang.

Le lendemain, tout le village se rendit chez Raoul pour protester contre la mort du laitier.

Ils trouvèrent la ferme comme abandonnée. Les poules s'étaient toutes enfuies. Seule demeurait une truie énorme, qui agonisait sur le flanc. Elle soufflait avec des grognements rauques. Un paysan s'approcha pour vérifier son état de santé.

Lorsqu'il posa sa main sur le ventre de la bête, le corps fut saisi d'un soubresaut. La bête bondit soudain en l'air au-dessus des têtes et explosa comme un feu d'artifice, arrosant copieusement les témoins d'un sang sombre et poisseux. Où se tenait un instant auparavant la bête, un ange couvert de plumes de tourterelles parut ; il s'élevait en tenant un bébé dans ses bras. La casquette de Raoul couronnait la tête du chérubin.

On raconte que tous les témoins devinrent fous, et qu'ils n'eurent jamais de descendance.

Dans la maison de Raoul, des années après ces évènements surnaturels, notre grand-père découvrit un tableau : le tableau que chérissait Raoul. Il était signé d'un obscur nom italien ; dans le bois du chevalet dégagé du cadre, il put lire l'inscription : « Portrait de Marie de la Souche, 1564. »

— Alors ? Qu'est-ce que vous en pensez ?, demanda Florence.
Dans la parfaite obscurité, on n'entendait que le souffle des adolescents. Personne ne disait rien, mais les cerveaux conjecturaient. Ils ne songeaient pas à dire s'ils avaient aimé ; ils n'avaient pas bien compris, qu'est-ce que c'était que cet *ange* ?
— C'était la jeune fille, en fait ?
— J'ai rien compris non plus à la façon dont les bébés naissent dans cette histoire...
Sebastian se prit la tête entre les mains et fit un drôle de gémissement. Tout le monde se tourna vers lui, quoiqu'ils ne pussent le voir.
— Qu'est-ce qui t'arrive, Sebastian ?, chuchota Sonia.
— Je... je crois me souvenir... cet ange gris, pâle... Je... C'était peut-être ça... que... La dame que j'ai vu en rêve, dans la voiture...
— Merde, putain... Ça fout vraiment les jetons !, fit en tremblant la voix d'Antoine dans le noir. Quand j'étais môme, il n'y avait rien qui pouvait plus me terrifier que cette histoire...

— C'est cool, dit Sonia. Vous n'en avez pas d'autres, des histoires de sorcières, ou de fantômes ?... J'ai plus peur du tout, maintenant !

— C'est pas vrai ?..., clamèrent sourdement toutes les autres voix.

— Mmh, c'est passionnant, répéta Sonia. Je croyais que vous étiez tous athées, comme moi. Je constate que vous en êtes quand même assez loin, dès qu'il s'agit de superstition avec des idées un peu biscornues.

— Je ne suis pas athée, dit Florence.

— Moi non plus, pleurnicha Antoine.

— Parfait, alors on joue à invoquer les esprits ?, demanda Sonia.

— Pourquoi pas, ça nous distraira, émit Jocelyn.

— On pourrait leur demander de nous protéger contre nos agresseurs, proposa Antoine.

Après une longue délibération, à tâtons, ils s'organisèrent dans le noir ; ils se disposèrent en cercle.

— On n'a pas de bougie ?, demanda Dorothea.

— Non, c'est pas la peine... Et puis ça nous fera une plus grosse impression dans le noir, affirma Sonia, en se saisissant de la main droite de Sebastian.

Ils avaient tous les yeux épuisés depuis longtemps. Ils avaient suivi le récit dans une semi conscience, et ils se tenaient maintenant les mains fermement, et ils sentaient la moiteur des paumes serrées. Un peu de peur subsistait, néanmoins :

— Vous croyez qu'ils sont partis ?, demanda Florence.

— Oui, ils doivent être partis..., fit Sonia. Et puis ils ont agi tellement bizarrement... En fait, ils doivent avoir la trouille eux aussi, loin de leur cité, dans une forêt avec la tempête, puis la pluie...

— Dans ce cas, on pourrait quand même mettre une bougie, proposa Dorothea. J'aime bien les bougies. Et ça fera quelque chose pour nous concentrer. Je n'ai pas l'impression qu'on soit très détendus...

— Bon, OK, bonne idée, dit Florence. J'en prends une !

— Non ! non ! Arrête !, souffla Antoine.

— Si... t'inquiète... Je vais te lâcher la main et prendre une bougie dans la commode. Ce n'est pas loin.

On entendit le son feutré de ses pas, puis le grincement de la commode. « Quelqu'un a du feu ? » Une petite flamme surgit dans les ténèbres. Tous les yeux s'étaient écarquillés maintenant. Tous étaient attentifs. On plaça la bougie au centre de la table basse. Ils s'étaient installés confortablement sur les coussins. Ils se coulaient dans le silence, attentifs à leur corps et au contact de la main des autres.

— T'imagines, une tête de cheval qui viendrait cogner doucement à la fenêtre, juste éclairée par la bougie ?, chuchota Sebastian à Jocelyn, devant le buste serein de Sonia.

— Clair, ça foutrait bien les jetons...

— Ou un fantôme à plumes de tourterelles, murmura Sonia en souriant, les yeux clos.

— Chhhhtt ! Parlez pas de ça !

Antoine se tortillait, mal à l'aise, et retirait parfois sa main de celle de Florence, comme pour rompre la chaîne inquiétante.

Bientôt le calme revint, et l'on put s'absorber tout entier à l'examen de cette force commune, d'une chaleur qu'on sentait confusément monter de tous.

Les sons étaient comme amplifiés par ce silence ; on entendait crépiter la mèche de la bougie, et toute la forêt autour émettait des plaines sourdes, des échos clairs de cris d'oiseaux — on reconnut le chant obsédant du coucou, l'appel d'une chouette, le croassement bref d'un corbeau dérangé dans son sommeil. Ces citadins étaient tout entiers à l'écoute d'une musique nouvelle.

La lumière chétive luttait contre les ténèbres en tremblant ; les ombres des veilleurs rampaient et se tordaient sur le plafond, contre les murs. Les visages, ainsi éclairés, étaient plus beaux ; ceux des filles, détendus, où flottait une félicité délicate ;

ceux des garçons, sérieux et adoucis, colorés de jaune orangé ; seul le visage d'Antoine, rejeté en arrière, illuminé par-dessous, gardait une expression affreusement crispée.

Sebastian ressentait la douceur de la main de Sonia. Il en faisait son unique préoccupation. Celle, menue, de Florence, à sa gauche, lui paraissait à la fois légère et pleine d'énergie. Mais ce qui le saisissait le plus, le temps passant, c'était le foyer chaleureux qui naissait dans les paumes pressées de sa main avec celle de Sonia. Il pensait à quelque sortilège arabe. La chaleur gagna son bras et atteignit son épaule. Il aurait voulu pouvoir sentir la tête de Sonia contre sa joue, ses boucles de cheveux dans son cou. La chaleur roulait dans sa tête, et un écho irradiait sa poitrine. En pensée, il appelait son nom, il le répétait et l'énergie qui avait pris possession de lui attirait sa tête vers elle, comme un aimant... Il eut un léger sursaut lorsque son épaule sensible accueillit la tête aimable et câline de Sonia. Peut-être avait-elle ressenti le même phénomène ? Antoine grimaçait en silence. Sonia, les yeux fermés, ne le voyait pas, qui lui faisait pourtant face.

Jocelyn, quant à lui, peinait à respirer dans cette atmosphère étrange qui pesait sur sa culpabilité. Il se croyait déchiffré à livre ouvert par Dorothea, à travers son réseau nerveux, par sa main droite ; et sa main gauche était serrée fortement par Sonia. Il disait son amour à Dorothea en pensée, il lui jurait tout son amour et toute sa culpabilité, il croyait pouvoir la fléchir, par un jeu inconscient, par une dimension qui échappait à la connaissance humaine... Des larmes s'échappaient de ses yeux, par fatigue ou par désespoir. Il sentit s'approcher le visage de Dorothea. « Ne me fais plus souffrir... murmura-t-elle. — Je... Je le jure..., souffla-t-il. » Mais sa plaie était si grande... Il ne savait pas ce qu'il pourrait encore faire, poussé par ses fantasmes... Il était hanté par le contact voluptueux de la poitrine de Solange. Et le front si beau de Dorothea, ses yeux pleins de douceur et d'intelligence le renversaient. Il éprouva l'impression d'une gigue folle de malaise et de passion dans son ventre, comme la plus éreintante des ivresses ; il en était malade, de cette énigme des sentiments, de sa propre inconstance... Il se ressaisit un instant, en contemplant la figure hâve d'Antoine, douloureuse, crispée ; de l'humidité baignait son front, et ses lèvres entr'ouvertes balbutiaient. Qu'est-ce qu'il lui prend ?, songea Jocelyn.

Tout à coup, il put lire « c'est quoi ce bordel... » sur les lèvres d'Antoine dont les yeux s'agrandissaient. Il y eut un éclair fugitif de lumière. Antoine hurla d'horreur ! Et le cœur de Jocelyn, spectateur de son visage défiguré par l'effroi, fit une embardée violente contre son estomac. Une apparition ? Quoi ?! Un fantôme ? L'ange gris ?! Oh putain ! *Tariq* ?!!!

—J'ai vu ! Je !... Qu'est-ce que c'était ?!, bafouilla Antoine. Je l'ai vu !!!

Pris d'une brusque nausée, il vomit sur la table, renversant la bougie, et il s'effondra mollement sur le côté, sous le regard empli d'horreur de l'assemblée.

—Mais quoi ? Oh !!! Antoine !!! Qu'est-ce que tu as vu ?, lancèrent-ils tous, le malmenant sous leurs secousses. Rroohhh... Il est bourré, en plus...

La flamme de la bougie disparut sous la cire et palpita une dernière fois.

Ils étaient dans le noir. Une odeur aigre flottait dans la pièce.

On tapait timidement à la fenêtre.

—N'ouvrez pas !..., balbutia Antoine. Une forme... grandissait... à la fenêtre, en face... J'ai regardé... C'était noir... avec des cornes... non... des bois... des bois de cerf...

On frappait à une autre fenêtre.

—C'était informe... Avec... des... comme des griffes énormes...

Une petite voix gémissait dehors, accompagnant le martèlement de la vitre.

—Et puis j'ai vu... un visage se détacher dans cette masse... Il y a eu cet éclair. Et j'ai aperçu un visage... horrible !... plein de sang et de croûtes noires... Il avait une tête ! Une tête que j'ai déjà vue ! Le garçon de la table 65 !

— Quoi !? Qu'est-ce que tu racontes ?, dit Sebastian en blêmissant — personne ne comprenait l'allusion.

— Le garçon que j'ai étranglé...

— Quoi ?!!!!!!!!!!, s'écrièrent tous les hôtes de cette maison démoniaque, avec tout le tremblement de parquet et de vitres, par principe de résonance.

— Je ne savais pas que je l'avais tué..., pleura Antoine. Ce doit être son fantôme...

Ils trouvèrent l'interrupteur, l'allumèrent, et constatèrent que le spectre s'affaissait sur lui-même, disparaissait par le bas. Ils s'avancèrent et virent qu'il sombrait parce qu'il était à bout de forces.

Ils firent entrer Henri Christian dans le hall de la maison. Il était couvert de boue et des branches cassées dépassaient de son pull en lambeaux ; son visage et son corps avaient été lacérés par les ronces, et du sang s'échappait de sa jambe de pantalon. Il sentait le sous-bois et l'immondice. « Fleuh... Flo... hance... Où haie... aile ? », se lamentait-il. Ils avaient reconnu le *pervers du train*. Ils balançaient entre le dégoût physique, moral, et la pitié que ne manquaient pas d'inspirer son allure, son visage pathétique, et ses tremblements nerveux.

— Mais qu'est-ce qu'il lui est arrivé, à celui-là ?... Regarde comme il pisse le sang...

Une lampe torche pendait à la ceinture du malheureux.

— C'est pas vrai... Hoho ! Oh puuutain ! Et c'est lui qui nous a foutu les jetons pendant tout le week-end !?, brailla Sebastian.

— Non mais attends... Et c'est lui qui a crié pendant la tempête, alors..., émit Dorothea. Le pauvre... On voit bien qu'il s'est pris toute la colère du ciel sur la tronche...

— Rrrhhheuahh..., gémit Henri Christian, en guise de réponse.

— Mais on le connaît pas, ce mec ! Pourquoi il a fait ça ?, s'étonna Sebastian.

— Pour se venger de moi..., gémit en écho Antoine, depuis le salon.

— Fleu... rance...

— Quoi ?! Qu'est-ce qu'il dit ? Ah merde ! J'me suis foutu du sang sur mon pantalon... Il faut faire quelque chose, là..., s'irritait Jocelyn.

— Florence... C'est... Par amour..., couina Henri Christian.

— Oh làlà, làlà... Il est vraiment timbré, le pauvre..., jugea Sebastian. Bon, on l'emmène dans la salle de bain...

Ils étaient abasourdis. On traîna difficilement le bonhomme. On le déshabilla tant bien que mal ; à ce moment, on put constater une estafilade au mollet dont s'échappait du sang. Il fallut désinfecter la plaie malgré les hurlements du pauvre gaillard. On lui lava la tête.

Il n'était pas si facile à reconnaître, tant il avait maigri. Et, les cheveux ébouriffés, la mine farouche maintenant pour lutter contre la honte, le visage assombri par une barbe naissante, les lunettes en moins, le corps nu plein de balafres, transfiguré par la lutte avec les éléments, il était presque séduisant, pensa fugitivement Florence ; mais, tout de même, quel type bizarre...

On mit Henri Christian, en slip, dans la baignoire. Sa tête se balançait à droite et à gauche. Chacun partit se coucher, tour à tour. Il ne resta plus que Florence et Henri Christian.

— Raconte-moi, alors, ce qui s'est passé... Pourquoi t'as fait ça ?, lança Florence.

— J'ai honte... enfin, non...

— C'est bon... Au point où tu en es, tu peux tout me dire. Tu ne tomberas pas plus bas...

— J'ai fait n'importe quoi... depuis que je suis amoureux de toi.

— Mais de quel droit !?, s'emporta aussitôt Florence. Je ne t'ai rien demandé...

— Tu veux savoir, ou pas ?..., miaula-t-il. Grâce à toi, j'ai triomphé des ténèbres...

— Ouh là... Soit... Hum... Continue...

— C'était en rentrant de Paris... J'étais vraiment heureux. Et pourtant, je m'étais fait agresser trois fois dans la même journée.

— Tt... Trois fois ?

— Oui, dans le train, par un type violent... Dans le métro, par un arabe, enfin, lui, il m'a pas vraiment agressé, je... Et puis, la troisième fois, c'était par le type avec une tresse noire... Il m'a étranglé et laissé comme mort au milieu de la foule, dans une convention...

— Quelle convention ? Euh... Ah oui... *Magic truc*... Euh... Antoine ? ... C'était Antoine ? Il nous a un peu parlé de ça...

— Oui, ton ami... qui s'appelle Antoine... Mais j'étais heureux quand même... Parce que je t'avais vue..., fit Henri Christian, depuis le fond résonant de la baignoire.

— Antoine, c'est mon cousin. Toi, tu es vraiment bizarre...

— Ce n'est pas forcément un défaut...

— C'est pas vraiment une qualité...

— Tout s'est joué... lorsque je l'ai vu te faire la bise, à la gare... J'ai vu rouge ! Toi que j'adore, tu connaissais mon ennemi juré ! Alors, j'ai su qu'il y avait quelque chose, ou quelqu'un, qui avait organisé ces coïncidences... Il fallait que je triomphe du dragon !

— Mais qu'est-ce que tu racontes ? Antoine, c'est mon cousin...

— Alors, je l'ai suivi partout, pour lui faire payer ! Et toi aussi, je t'ai suivie, un peu...

— Mais t'es pas bien...

Florence n'arrivait pas à le regarder dans les yeux. Et la semi nudité, et le slip bleu d'Henri-Christian la gênaient aussi.

— C'est ainsi que je vous ai suivis jusqu'à cette maison. J'attendais devant chez Antoine, pour pouvoir me venger. Et vous êtes arrivés...

Il reprit son haleine et continua :

— Dans le brouillard, je vous ai perdus plusieurs fois. Lorsque vous avez bifurqué dans cette allée, j'ai même cru... — Les phares, un instant, avaient tressautés — ...que vous aviez eu un accident... Quel choc ! et puis je suis passé et j'ai vu qu'il y avait une allée dans la forêt. Je me suis garé plus loin. Mon cœur battait fort, et j'avais très peur parce que j'avais vu une femme bleue, comme une noyée sur le bord de la route, quelques instants auparavant... J'avais été complètement sidéré...

« Mais j'ai repris du courage, après avoir mangé un peu. J'avais emporté un sandwich au fromage de chèvre... de... de chèvre. J'ai quitté la voiture. Il n'y avait plus de brouillard : le vent le dispersait. On voyait clair dans la nuit, et je pouvais admirer les étoiles... J'ai traversé la route... Je me suis dirigé vers ce côté du bois... en traversant la route. Mais en sautant le fossé, j'ai un peu raté mon coup — il était très large, le fossé — et du coup j'ai... j'ai glissé ; je me suis retrouvé avec les baskets dans l'eau... »

Florence réprima un sourire. Henri-Christian reprit, comme un somnambule :

« La forêt était très humide... Il faisait déjà froid. Il me fallait du courage, on ne voyait quasiment rien sous les arbres, et j'ai commencé à penser aux bêtes sauvages. Euh... Alors, je suis retourné à la voiture, prendre la lampe torche dans la boîte à gants. En revenant, je suis à nouveau tombé dans le fossé...

— Bon, euh... Je n'ai rien contre toi, mais je ne vais pas tarder à aller me coucher, tu sais... Je suis vraiment vannée...

— Attends... Attends..., pleura Henri-Christian.

— Pfff... oh non... tu pleures... oh, c'est pas vrai...

— Non, non, non... Pas du tout... C'est... nerveux...

— Bon, je reste un peu, mais dépêche-toi de finir ton histoire. Tu ne vas pas me raconter toutes les fois où tu es tombé, non plus...

— Mais c'est important...

— Important ?

— Oui... ... Quand est arrivée la tempête, je ne parvenais plus à me repérer... J'avançais tout droit... J'ai marché pendant trois heures. Je le sais parce que à un moment, j'ai regardé ma montre à cristaux liquides. J'étais désespéré... Tout à coup, j'ai entendu ce grognement... tout près de moi.

— Un grognement ?!

— C'était... ça devait être un sanglier... J'ai détalé comme un fou. Est-ce que tu sais ce que ça fait d'avoir une bête étrange juste à côté de soi, dans le noir ? De pas savoir ce que c'est, vraiment ? J'ai couru... Je me suis éraflé sur toutes les ronces et les branches de la forêt. C'était horrible. J'étais hors d'haleine. Le vent hurlait, c'était effroyable. J'ai vraiment cru que j'allais mourir.

« Et j'ai... j'ai vu de la lumière, c'était votre maison. Je n'osais plus faire un pas... Cependant... Derrière-moi... J'ai entendu un souffle rauque. Ça a été très violent : je me suis pris une masse énorme dans les jambes. J'ai fait une culbute... C'était terrible, complètement sidérant. Je ne pouvais plus respirer... Je crois que j'ai hurlé, lorsque j'ai senti du sang couler le long de ma jambe. J'étais sur le point de me relever lorsque un arbre a cédé sous le vent. Il !... L'arbre m'est tombé dessus ! ... Je ne pouvais plus me relever, j'ai tenté d'appeler à l'aide... Et je crois que je suis tombé dans les pommes, ou bien je me suis endormi sans m'en rendre compte...

« Le matin, j'ai été réveillé par la pluie ; j'avais l'impression que la nature fondait sur moi, et en même temps, je me dissolvais en elle, par toute l'eau qui ruisselait le long de moi et qui m'emportait dans la terre glacée. Je sentais tous les flux d'orgone. Ma vie s'échappait par ma jambe... J'étais couvert des feuilles de l'arbre qui m'avait écrasé... Je songeais que, d'ici quelque temps, je deviendrais mousse et champignons. À un moment, j'ai senti que la terre sous moi remuait : elle était devenue tendre à force d'être humide. J'ai pu me faufiler lentement, me dégager en rampant ...

« Puis je me suis rapproché de ta maison... Je voulais chercher de l'aide. Je me sentais si bête, en même temps... Mais... J'ai entendu des hurlements dans la maison, et il m'a semblé entendre des meubles s'entrechoquer avec fracas. Et soudain la porte s'est entrebâillée, et j'ai vu mon ennemi juré, le garçon avec une tresse noire ! Il était à ma merci ! — Henri-Christian avait les yeux écarquillés, ses mains accrochaient le vide.

« Il me faisait un peu pitié, en même temps... Il marchait comme une bête traquée... comme un dragon blessé à mort. J'ai quand même ramassé une pierre pleine de boue et je la lui ai lancée, pour l'effrayer, et aussi pour lui faire payer son sortilège de sanglier, ainsi que l'arbre qu'il avait fait effondrer sur moi, pour me tuer ! Mais il se l'est prise en pleine tête ! J'étais tellement sûr qu'il avait des pouvoirs magiques, mais il avait un point faible contre les projectiles... Je ne sais pas... Excuse-moi, je te dis ces choses... Je devais délirer pour croire des choses pareilles... Et maintenant, je n'osais plus vous appeler à mon secours ! Et mon ennemi était là... il fallait que je triomphe de lui, d'abord.

« Et puis soudain, il s'est passé la chose la plus étrange : plus rien ne bougeait dans la maison. Vous aviez disparu. Comme un sortilège d'immobilité. Pourtant, aucune voiture n'était partie... J'ai guetté vos mouvements en vain. Je ne comprenais pas ce qui se passait. J'ai épié toute la journée depuis les bosquets... Je n'osais pas m'approcher, et je savais pourtant qu'il fallait que je me soigne. Mais... Va savoir pourquoi... Je guettais... Je ne sentais plus rien qu'un délicieux engourdissement, et j'étais tout entier captivé par cette énigme. En fait, j'ai pensé finalement que vous aviez fait une nuit blanche et que vous étiez allés vous coucher... Alors, j'ai attendu que vous vous réveillassiez.

— Pffr... Que vous vous réveillassiez..., pouffa Florence.

— C'est parfaitement français, répliqua Henri-Christian.

— Non, mais c'est pas ça... On n'était pas endormis... — Elle en avait presque les larmes aux yeux — Halàlà... Si tu savais nous ce qu'on croyait... Ce qu'on peut être bête, des fois...

— Vous vous moquez de moi..., nasilla-t-il.

— Mais non... Là, je peux te l'assurer...

— La nuit est tombée, et j'étais persuadé que vous étiez sous l'influence d'un sortilège maléfique...

— Mais qu'est-ce que tu racontes ?

— Je suis monté à un arbre, pour voir si vous n'étiez pas à l'étage... Je suis passé sur un balcon et j'ai regardé à l'intérieur. Il n'y avait... pas une seule lumière... dans toute la maison... Mais... Soudain j'ai vu... j'ai vu deux êtres rampants... comme des zombies... Je les ai faits fuir avec ma lampe torche... Ils ont hurlé de manière effroyable... Et je n'étais pas au bout de mes surprises : votre cousin, avec sa natte, est quelqu'un de véritablement démoniaque ! Je suis descendu tant bien que mal du balcon... Je suis resté quelques instants à ne plus savoir que faire : j'avais terriblement peur de tous les sortilèges de cette forêt... et de cette maison si bizarre... de cet être maléfique qui peut invoquer des tempêtes, des... des espèces de sangliers-zombies et même des vrais zombies, un type capable de faire disparaître tout un groupe de gens...

« Je suis allé me cacher dans un genre de grosse ornière. Puis, au bout d'un moment, j'ai trouvé le courage d'agir, je me suis décidé à affronter mon ennemi. Je me suis traîné jusqu'ici. Je savais que je n'avais plus beaucoup de forces... je savais... aussi que, par conséquent, mon pouvoir psychique risquait d'être affaibli... quoique je n'ai jamais vraiment eu le loisir de mesurer sa puissance... je ne m'étais jamais... auparavant... engagé dans ce genre de combat. J'ai mis des branchages dans mes cheveux pour me protéger des pouvoirs de la forêt. Et puis je vous ai vus assemblés ; j'ai vu ce qu'il vous faisait... vous étiez sous son emprise... Je me suis redressé comme je pouvais... en m'appuyant à la fenêtre...

« Il me fixait... comme s'il ne me voyait pas... Son visage était distordu par la haine... je la voyais, sa haine, ramper entre sa bouche et son front, au gré des oscillations de la bougie... Et... il... m'a vu... Ses paupières se sont fendues plus largement sur deux pierres rondes et métalliques qui brûlaient des feux d'enfer... Mais j'ai soutenu son regard... Et j'ai... J'ai triomphé !... C'est lui qui a été terrassé ! Ah... Je l'ai eu... Et... Et tu es là... Et tu m'écoutes... »

Dans sa dernière inspiration, il s'endormait... Florence remarqua alors, à son plus grand déplaisir, qu'une érection déformait son slip. Elle sursauta : une araignée courait sur la surface blanche de la baignoire, qui grimpa prestement se camoufler dans les quelques poils de la poitrine du drôle. Elle n'eût pas une once de la témérité qui lui aurait permis de chasser l'araignée : Florence s'enfuit en frissonnant des pieds à la tête.

Elle passa ensuite le plus clair du début de sa nuit à tenter d'oublier ces visions de cauchemar.

Epilogue

Le temps a passé.

Cela fait presque deux mois que Bagdad a été investi par les forces américaines et ses alliés.

Pour Jocelyn et ses amis, le baccalauréat approche.

Il fait très chaud dans ce monde et l'été 2003 qui vient sera celui de la canicule en France, annoncé dès ce début du mois de juin par une chaleur écrasante — comment voulez-vous réviser le bac dans ces conditions-là ?

J'ai croisé Jocelyn et Dorothea main dans la main. J'espère que ça marche bien entre eux. Ils étaient accompagnés de Sebastian et de Sonia. Les mains de Sebastian s'affairaient autour de la demoiselle. Eh bien, je crois qu'ils s'entendent bien aussi ces deux-là ! Mais je me demande ce qu'est devenu Antoine...

— Si on voulait faire bien les choses, il y a quand même énormément de trucs à savoir, dans l'histoire de la fin du vingtième siècle..., grommelait Jocelyn, étendu sur son lit, un manuel d'Histoire perché au-dessus de la tête.

— Mmmh..., répondit Dorothea, en nage, assise dans un fauteuil, et qui prêtait une attention distraite au monde.

Elle avait trop chaud pour réfléchir à cette idée vague que Jocelyn venait d'émettre.

— Enfin, il y a un truc avec lequel j'ai trop de mal, c'est les dates... Me souvenir de toutes les dates, avec les mois et tout..., relança Jocelyn.

— Clair... Moi aussi, ça me saoule... Ça rentre pas bien...

— C'est un processus pas *fluide*...

— Non, ce serait plutôt *épais*.

Jocelyn s'étira, souffla un grand coup :

— Pffoufhh...ouaaahhhhn... Il fait chaud...

— Un petit baiser bien frais ? Pour te remonter le moral.

— Volontiers.

Dorothea se pencha sur lui, écartant négligemment le manuel d'histoire comme s'il se fut agit d'un rideau obstruant le passage. Elle l'embrassa assez doucement pour lui faire tourner la tête.

— Oh làlà... Après ça, je vais avoir envie de faire l'amour..., gémit Jocelyn.

— Oui. Mais plus tard. Là, il fait trop chaud.

Dorothea esquissa un sourire. Il était à elle, maintenant... tout entier. Elle faisait de lui ce qu'elle voulait. C'était elle qui choisissait le moment opportun, et il se languissait...

Elle reprit la parole, avec une voix très mesurée, pour mieux goûter son effet :

— Avec ta permission, et celle de ta mère, je vais rester ici ce soir... Alors, dans la fraîcheur de la nuit... Je crois que peut-être... on sera *pas mal*, tous les deux...

— « Pas mal »... J'aime ton emploi de l'euphémisme... En tout cas, moi je suis mille fois d'accord.

Ils se remirent au travail, cahin-caha, tandis que le soleil de midi, impitoyable, faisait déjà de la chambre une fournaise.

Ensuite Charlotte passa leur soumettre le menu de midi, et leur offrit un rafraîchissement. Elle semblait un peu triste, depuis sa rupture avec Raphaël. Jocelyn avait reçu récemment un gentil

SMS de sa part, qui lui souhaitait de bonnes révisions, mais il n'avait toujours pas osé lui répondre.

Peu après manger, ils reçurent un coup de fil de Sebastian qui proposait d'aller réviser en plein air, à l'île Charlemagne — en bord de Loire. C'est Florence qui passa en voiture les prendre en milieu d'après-midi.

En réalité, ils firent plus de volley-ball qu'ils ne consultèrent leurs fiches de philosophie...

C'est la nuit. La fenêtre ouverte aspire l'air doux, et des bruits étonnants parviennent aux deux amants : les claquements métalliques des lignes électriques du tramway agitées par le vent, les cris étranglés des mouettes, le souffle continu de la brise.

Dorothea embrasse l'épaule de Jocelyn.

— Mmmh... T'es mon amour, émet-elle.

— Oh oui... Oh... ohlàlà, c'était vraiment bien, dit comiquement le garçon.

— C'est un peu fou de se réveiller en plein milieu de la nuit pour faire l'amour...

— Oui, mais c'était irrésistible, ronronne Jocelyn. Et puis dans cette lueur bleue, tout se revêt d'étrangeté. Et c'était plus troublant encore...

Ils écoutent le silence, se recueillent intensément.

— Chut ! fait Jocelyn. Tu entends ?

Au loin, on discerne comme un chant, une seule note tenue. La note subit maintenant des variations, un léger vibrato. On entend deux notes différentes : un sifflement, ou plutôt un crissement s'est ajouté au chant. Une lourde vibration se communique à la rue, un grondement vient mêler sa voix à l'étrange mélopée.

— Le tramway ? À cette heure ? Voilà bien quelque chose de pas normal..., chuchote Jocelyn.

— Quelle heure est-il ?

— Quatre heures et demie du matin.

— Il n'y a pas de tramway à cette heure-là, normalement, s'amuse Dorothea.

— Ça doit être le *tramway fantôme* !

— Ah oui ! Le *fameux tramway fantôme*...

— Il passe une fois par mois, et tous ceux qui ont le malheur de le voir disparaissent mystérieusement, propose Jocelyn.

— Il paraît que le voir fait si peur, fait tant frissonner que la peau du dos risque de se détacher toute seule.

— En même temps, une rumeur prétend que des squelettes et des zombies y font une grande fête locomotionnée à travers toute la ville.

— À l'intérieur, ils ont suspendu des ballons, et des spots de couleur projettent des lumières fabuleuses, des faisceaux colorés dans les rues, sur les bâtiments...

— ... quand ce ne sont pas des éclats stroboscopiques !

— Et c'est une suite de concours de danse entre les squelettes qui se désarticulent, et les fantômes aux évolutions gracieuses, traversés par les lumières qu'ils diffractent dans leurs corps prismatiques..., ajoute Dorothea.

Cela fait longtemps que le tramway s'est éloigné en poussant sa complainte entre les murs. Dorothea et Jocelyn se rendorment paisiblement, un sourire errant sur leurs lèvres.

« Quelle chance d'avoir entendu le *tramway fantôme*... »

*

Il est neuf heures du matin. Henri-Christian vient d'ouvrir son ordinateur pour vérifier le branchement de son graveur de CD-Roms qui ne marche plus. Il pense qu'il aurait peut-être dû couper le jus, mais il n'y a pas de risque de s'électrocuter avec un simple câble de données.

L'ordinateur lui joue un montage de scènes d'action de mangas. Notre ami vient tout juste de le finaliser, et il y a ajouté une musique de hard rock. Le résultat est bluffant ! Il a mis le son à fond. Il voudrait bien, d'ailleurs, graver tout ça sur CD-Rom pour pouvoir le montrer à Julie, sa copine — il l'a rencontrée dans un magasin de jeux —, *sa future conquête*... Étonnant comme maintenant il n'a plus peur de parler aux filles. Il aura fallu la fée Florence. Même si elle lui a mis un râteau, toute cette histoire lui a permis de comprendre deux-trois choses sur les bienfaits du courage. C'est pour cela qu'il faut que ce fichu câble...

Il est à quatre pattes sous son bureau, les mains dans les blocs électroniques.

La chambre est envahie par une guitare au solo saturé de fuzz et de reverb emphatique, par des cris d'annonce de coups spéciaux (« totaaaal oniii jutsu ! »), par des fanfaronnades viriles de guerriers ninjas et aussi par les grognements d'Henri-Christian, carrément allongé sur le dos maintenant, les mains embrouillées dans un réseau de fils, ses doigts se tordent pour atteindre les recoins secrets de son ordinateur qui pousse maintenant des soupirs de satisfaction et de petits cris inquiets : c'est qu'après sa fan-vidéo, dans le même dossier, il y a des films pornos.
— Merde ! Si les voisins entendent ça...

C'est assez provocant, d'un coup, ces cris de jouissance qui emplissent la chambre, mais il ne faut pas perdre le cordon, le glisser délicatement, mmrghmmm, forcer un peu, ha ! Voilà...

Bien ! Maintenant, remettre le boîtier par-dessus l'ordinateur... Zut... C'est lourd. Raah... J'aurais dû baisser le son, c'est pas possible comme ça gueule !
— Hé mais aïEUH !!!

Henri-Christian retire sa main du boîtier. Il s'est ouvert le doigt le long d'un rail conducteur.

— Merde ! C'est pas possible ! C'est fait exprès pour se couper !

Le sang perle sur son doigt, la blessure est assez profonde.

Et à ce moment précis l'ordinateur, comme atteint d'une soudaine frénésie meurtrière, se met à bugger ! Le film saute par à coups, hurle des sons brisés, des bouts de cris féminins, les images s'enchaînent, figées, tressautantes... Mais que fait Henri-Christian ?

Il est dans la salle de bain, il s'exaspère.

— Non mais c'est pas possible !!! Où qu'il est, le Daquin ??? Ah làlà làlà !

Le sang coule sur ses vêtements tandis que dans la chambre, l'ordinateur, vampire féminin, beugle sa joie sanglante, son plaisir hystérique du sang innocent qui a coulé sur lui...

Ah, ça la fera bien rire, Julie, de le voir débarquer chez elle avec un pansement au doigt, à cause d'un CD-Rom...

*

Dans son jardin, Solange laisse s'écouler les heures chaudes.

Elle regarde du coin de l'œil Sebastian qui embrasse Sonia dans la cuisine.

La chaleur du soleil lui procure un plaisir physique réconfortant. Elle voudrait se fondre dans le monde, oublier les difficultés amoureuses. Le chant d'un oiseau peut être une source de tendresse, de douceur, de joie... Elle sent une sensualité délicieuse dans son corps ; elle pense encore au sourire triste de Jocelyn ; elle s'abandonne au rêve... Un autre garçon se dessine finalement, mais quel étrange garçon ! Son torse est couvert de plumes rouges, de petites mèches noires piquent son front, son visage est amical, ses bras sont doux et caressants. Sa voix coule dans son âme et l'emplit de chaleur.

Elle sent une douce caresse contre ses jambes ; c'est le chat des voisins... Elle s'endort en toute quiétude.

*

Dorothea n'a plus si peur. Elle laisse la vie se dérouler. Jocelyn est gentil. Il est maladroit mais sincère. Elle se fait moins de souci. Les baisers et les paroles de Jocelyn lui passent un baume revivifiant. Et elle le sent, il est heureux avec elle. Il change au fil des jours. Il est de plus en plus insouciant et ses yeux ne cessent de lui dire « merci ». Ainsi, tant qu'ils seront heureux, peut-être oubliera-t-elle la fragilité des choses...

Lui ne pense plus tellement à Solange... Il se sent bien. Le classeur de citations a disparu sous la pile des cours et sous les lettres de Dorothea — il lui en a envoyé beaucoup, en retour.

Il pense atteindre à une forme légère et idéale dans son amour. C'est joyeux et tendre. C'est presque comme de l'amitié, mais cela confond de plaisir dans l'intimité.

Il a peine à dormir, tout seul. Les épreuves du Baccalauréat commencent demain. Les mains appellent son amie ; le drap se fait entortiller comme jamais. Dans le noir, son baladeur CD lui joue *Little Waltz* du jazzman Duke Pearson, et il a le souffle coupé.

Jocelyn est amoureux.

Benoît Luizard, octobre 2003 — août 2004
(Revu et corrigé, septembre 2011, avril 2018)

167